악령

Ⅱ

일러두기

• 이 책은 Fyodor Dostoevskii, trans. Constance Garnett, 『The Possessed』(Project Gutenberg, 2017)와 traduit par Boris de Schloezer, 『Les Démons』(Bibliothèque de la Pléiade, Gallimard, Paris, 1955)를 참고했습니다.

Бесы

악령 II

표도르 도스토예프스키 지음

살림

악령 II 차례

제2부

제3부

제6장 분주한 표트르 스테파노비치

1

축제 날짜가 확정되었다. 하지만 폰 렘브케는 점점 더 침울해졌다. 그는 이상하고 불길한 예감에 사로잡혔고 그 모습에 율리야 미하일로브나도 불안해했다. 율리야가 보기에 남편은 점점 말수가 줄었으며 뭔가 감추는 것이 있는 것 같았다. 하지만 도대체 그가 감출 것이 뭐가 있단 말인가? 실제로 그는 아내와 맞서는 경우도 거의 없었으며 대체로 거의 맹목적으로 아내 말을 고분고분 따랐다. 그는 율리야의 간청에 따라 아주 위험할뿐더러 심지어 법에 저촉되는 두세 가지 조치를 취하기도 했다. 예를 들어 재판을 받고 시베리아로 유형을 가야 마땅할 사람에게 상을 주기도 했고 마땅히 살펴보아야 할 청원들을 무시해버리기도 했다. 하지만 나는 다만 연대기를 사실적으로 기록하고 있을 뿐, 행정에 관한 일은 내 소관이 아니고 그에 대해 왈가왈부할 능력도 없으니 더 이상 거론하지 말기로 하자.

남편을 보면 불안해했던 율리야는 표트르를 보면 기분이 풀렸다. 사실 그녀는 자기 주변의 모든 것이 다 마음에 들었다. 그녀는 귀족주의건 민주주의건, 기존 제도건 새로운 제도건, 자유사상이건 사회주의 이념이건, 사교계의 엄격한 규율이건 그녀를 둘러싸고 있는 젊은이들의 방종함이건 모든 게 다 좋았다. 율리야는 모두에게 행복을 주기를, 화해할 수 없는 것을 화해시키기를, 보다 더 정확히 말한다면 모든 것들이 그녀에 대한 숭배라는 공통분모 속에서 결합되기를 꿈꾸고 있었다. 그러나 그녀가 그 누구보다, 그 무엇보다 총애한 것은 표트르였다.

표트르가 그녀의 마음을 사로잡기 위해 사용한 무기는 조잡한 아첨들이었다. 하지만 그보다 결정적인 이유가 있었으니, 바로 거기서 이 가련한 여인의 특징이 여실히 드러났다.

정말 믿기 어렵지만 그녀는 그가 그녀에게 거창한 정치적 음모를 소상히 밝혀줄 것이라는 희망을 품고 있었다. 어찌 된 일인지 그녀는 국가에 대항하는 거대한 음모가 이 지방에서 획책

되고 있다는 확신을 갖고 있었다. 표트르는 때로는 침묵으로, 또 때로는 몇 마디 암시적인 말로 그녀의 이 이상한 생각이 뿌리내리게 만들었다. 그녀는 표트르가 러시아 내 모든 혁명 조직과 깊은 연관을 맺고 있다고 상상했으며, 그와 동시에 그가 자신에게 열광적으로 헌신하고 있다고 상상했다. 음모의 발각, 정부의 사면, 남편의 승진, 나락에 떨어지기 직전의 젊은이들을 품에 안아주는 자신의 모습들이 그녀의 환상 속에서 확고하게 자리를 잡아가고 있었다. 자신은 표트르를 구원했고 정복했으니 다른 젊은이들도 그렇게 되리라고, 러시아의 모든 자유주의가, 러시아의 역사가 자신을 찬미할 것이라고 그녀는 상상하고 있었다. 어쨌든 음모는 발각될 것이고, 그때 모두에게 한꺼번에 이득이 돌아가리라!

그녀는 축제를 앞두고 남편의 얼굴이 보다 밝아질 필요가 있다고 생각했다. 그를 평온하게 만들어줄 필요가 있다고 생각한 그녀는 표트르를 남편에게 보냈다. 표트르가 의기소침해 있는 남편을 얼마든지 북돋워줄 수 있으리라는 희망에서였다.

표트르는 한 번도 폰 렘브케의 서재에 들어가본 적이 없었다. 그가 그 방에 들어섰을 때 지사는 기분이 영 좋지 않은 상태였다. 그가 도저히 해결하기 어려운 사건이 발생했기 때문이었다. 상관으로부터 질책을 받은 젊은 소위가 그 상관에게 대든 사건이었다. 사건이 그뿐이었다면 지사가 골치 아파할 이유가 없었다. 하지만 정작 중요한 사건은 그게 아니었다. 그를 체포하고 수색을 하자 그의 주머니와 집에서 불온 전단들이 발견된 것이다. 물론 그 전단들은 이미 여러 곳에서 발견된 것으로서 새로운 것은 아니었다. 문제는 쉬피굴린이라는 사람이 경영하는 공장에서도 같은 전단이 뭉치째 발견되었다는 데 있었다. 그런데 공교롭게도 3개월 전에 그 공장의 노동자 한 명이 콜레라에 걸려 사망한 일이 있었다. 모두들 그 공장이 병의 온상이라고 떠들어댔고 지사는 3주에 걸쳐 공장을 소독했다. 그러자 어찌 된 까닭인지 공장주 쉬피굴린은 그 공장을 아예 폐쇄해버리고 모스크바로 떠나버렸다. 임금을 받지 못한 노동자들은 경찰에 몰려가 청원을 했다. 바로 그런 상황에서 렘브케는 공장 지배인으로부터 '선언문' 전단 뭉치를 넘겨받았던 것이다.

표트르는 평소에도 거리낌 없이 드나들던 차였기에 하인을 통해 미리 알리지도 않고 곧장 서재로 갔다. 더욱이 이번에는 율리야의 특별 부탁으로 온 것이 아닌가! 서재를 왔다 갔다 하며 생각에 잠겨 있던 렘브케는 표트르의 얼굴을 보자 인상을 찌푸리며 걸음을 멈추었다. 그의 옆에는 그와 이야기를 나누고 있던 독일인 하급 관리 블륨이 있었다.

표트르는 안으로 들어서자마자 큰 소리로 외쳤다.

"어휴, 이제야 엉큼하신 시장 나리를 만났네!" 이어서 그는 탁자 위에 있던 전단을 손바닥으로 툭툭 치며 말했다. "수집품이 또 늘어났군요."

"그냥 가만두지 못해요!" 렘브케가 소리쳤다. 사실 그는 표트르를 향한 부인의 태도 때문에 심란했으며, 둘이 연인 사이나 아닌지 의심까지 하고 있었다. 특히 어쩌다 밤에 혼자 있게 되면 그 생각을 견디기 힘들었다. 하지만 눈치 빠른 표트르도 그런 낌새는 눈치채지 못하고 떠벌렸다.

"저는 누군가 머리를 맞대고 이틀 연달아 자기 소설을 읽어준다면, 둘 사이가 충분히 가까워진 것이라고 믿었지요. 게다가…… 율리야도 저를 거리낌 없이 대해주시니……." 그의 말투는 다소 건방지기까지 했다. "어쨌든 당신 소설, 여기 있습니다." 그는 둘둘 만 커다란 종이 뭉치를 탁자 위에 올려놓았다.

"어디서 찾았소?" 얼굴이 붉어진 지사는 밀려오는 반가움을 지그시 누르며 물었다.

"장롱 뒤에 뒹굴고 있더군요. 그때 내가 아무렇게나 거기 던져둔 모양이에요. 그저께가 되어서야 눈에 띄었죠. 당신이 내게 일거리를 준 셈입니다. 밤에만 읽으려니 꼬박 이틀이 걸렸습니다. 나는 비평가는 아니지만 마음에 안 들어요. 나랑은 생각이 너무 달라요. 특히 4장, 5장은 도무지 무슨 소리인지⋯⋯. 그런데 유머는 대단해요. 정말 많이 웃었어요. 아니 겉으로 내색도 않으면서 어떻게 그렇게 사람을 웃길 수 있지요?"

이어서 그는 소설에 대해 약간의 비판과 약간의 칭찬이 뒤섞인 그럴듯한 비평을 길게 늘어놓은 후 말했다.

"자, 이만 실례하겠어요. 다음번에는 그렇게 화내지 마세요. 실은 긴히 한 두어 마디 할 게 있어서 찾아온 건데, 지금은 상황이 좀⋯⋯."

렘브케는 블룸에게 나가라고 눈짓을 했다. 블룸은 뭔가 언짢은 기색으로 밖으로 나갔다.

부하가 나가자 렘브케가 표트르에게 말했다.

"어디, 당신의 그 두어 마디 좀 들어봅시다. 자, 앉으시오."

표트르는 다리를 꼬고 앉더니 입을 열었다.

2

"지사님, 근심거리가 있어 보입니다. 혹시 이 하찮은 것들 때문이 아닌가요?" 그는 전단을 가리키며 말했다. "그까짓 것 원하시면 얼마든지 갖다드릴 수 있어요. X현에서도 봤는걸요. 위쪽에 도끼가 그려진 유인물이었지요. 아, 여기도 도끼가 있네요. 똑같은 거로군. 아, 여기 눈에 익은 게 또 있네." 표트르는 문진 밑에 놓여 있던 또 다른 종이에 눈길을 주며 말했다. 분명 외국에서 인쇄된 것이었으며 운문으로 되어 있었다.

"아, 이거 내가 잘 알아요. 「빛나는 인물」이라! 내가 외국에 있을 때 알게 된 인물이로군. 이걸 어디서 얻었지요?"

"아니, 이걸 외국에서 봤다고 말했소?" 렘브케가 놀란 목소리로 물었다.

"네, 서너 달 전에요."

"아니, 외국에서 참 본 것도 많구려." 렘브케가 묘한 시선으로 그를 쳐다보았다. 표트르는 들은 체 만 체 종이를 펼치더니 큰 소리로 시를 읽어 내려갔다.

「빛나는 인물」

그는 미천한 가문에서 태어나

대지의 품에 안겨

민중 사이에서 자라났다.

폭군과 간악한 귀족들은

그를 잔혹하게 탄압했고

그는 순교자의 길을 걸었다.

그는 폭압에 맞서

군중들 편에 섰으며

그들에게 자유, 평등, 박애의 사도가 되었다.

그는 채찍과 망나니의 칼을 피해

감옥에서 도망쳐 외국으로 갔다.

스몰렌스키로부터 타슈켄트에 이르기까지 모든 민중은

그 학생이 나타나 모든 멍에를 끊기를 기다렸다.

운명에 거역하기 위해

다 같이 봉기해 차르를 몰아내기 위해

사악한 귀족들을 멸하기 위해

모든 부(富)를 함께 나누기 위해

나라 전체에서

사유재산과, 결혼과, 가족을 영원히 몰아내기 위해.

그것들이 바로 인류의 재앙일지니!

시를 읽은 후에 표트르가 말했다.

"이걸 그 젊은 장교 집에서 찾아냈다 이거로군요. 하지만 이런 건 다 하찮은 거예요. 그보다 훨씬 중요한 청이 있어서 당신을 찾아온 겁니다."

"내게 청할 게 있다고요? 어디 들어봅시다. 솔직히 귀가 솔깃하는군요. 당신은 하는 말마다 나를 꽤 놀라게 하니까."

아닌 게 아니라 렘브케는 꽤나 흥분해 있었다. 표트르는 다리를 꼰 채 말을 이었다.

"자, 이런저런 이야기 제쳐두고 단도직입적으로 말합시다. 이제, 이 바보들은…… 모든 게 다 들통났으니…… 전부 당신 손아귀에 있는 것이나 마찬가지예요. 누구도 당신에게서 빠져나갈 수 없지요. 에, 그러니까…… 그들 중 한 명, 그러니까 똑같이 멍청이고, 어쩌면 미쳤을 수도 있는 한 명에게 은총을 베풀어달라고 온 겁니다. 그의 젊음과 그의 불행과 당신의 인도주의의 이름으로 그를 구원해주십사 하고……. 당신이 소설에서만 인간적인 면을 보이는 건 아니겠지요?"

"도대체 누구 이야기를 하는 겁니까? 무슨 이야기인지 종잡

을 수가 없군요." 렘브케는 호기심을 간신히 억누르며 짐짓 점
잖게 물었다.

"그게, 그게…… 제길……, 내가 당신을 믿는 게 내 잘못은
아니잖아요! 당신을 고결한 사람으로, 분별력이 있는 사람으
로…… 다시 말해 모든 걸 이해할 수 있는 사람으로 생각한다
고 해서…… 그게 내 잘못이란 말인가요?" 그 불행한 자는 분
명 감정을 억누르려 애쓰고 있는 것 같았다. 아니, 보다 정확히
말하면 불행한 척했고 감정을 억누르는 척했다. 그가 계속 말
을 이었다.

"그러니까, 내가 그 이름을 말하면, 정말이지 그를 당신에게
팔아넘긴 꼴이 된다는 걸 모르시겠습니까? 그건 마치 고발하
는 것과 같아요. 그렇지 않습니까?"

"아니, 무슨 일인지 당신이 분명하게 말한 것도 아닌데 내가
어떻게 짐작이나 할 수 있단 말이요?"

"언제나 이렇다니까……. 언제나 그놈의 논리를 내세워서
남의 말을 싹둑 잘라버리고……. 빌어먹을! 그「빛나는 인물」
이…… 그 대학생이…… 바로 샤토프라니까요. 그게 다예요."

"샤토프? 뭐라고요, 샤토프?"

"아, 그 시에 나오는 대학생이 샤토프라니까요. 그는 여기 살

고 있어요. 옛날에는 농노였고…… 아, 그, 따귀를 때린 친구!"

"아, 알겠소. 그런데 그 친구가 무슨 죄를 지었다는 거요? 더 정확히 말해, 뭘 부탁하겠다는 거요?"

그러자 표트르가 격렬하게 외치듯 말했다.

"그를 구해달라는 겁니다. 아시겠어요? 당신같이 현명한 사람이 척하면 알 것 아닙니까? 잘 알아두세요. 그가 하도 오랫동안 불행을 겪어서 정신이 나간 거지, 무슨 국가 안전에 위협이 될 만한 음모를 꾸민 건 아니라 이 말씀입니다."

그는 거의 숨까지 헐떡이고 있었다.

"음, 그러니까 그 친구가 도끼가 그려진 선언문에 책임이 있는 인물이다, 그 얘기로군요."

"에잇! 난 선언문에 대해서는 몰라요! 그 일당이 다섯인지 열인지……. 하지만 그가 그 시를 직접 썼고 외국에서 인쇄했다는 건 알아요. 여기 증거가 있어요."

그 말과 함께 그는 주머니에서 쪽지를 하나 꺼냈다. 렘브케가 펼쳐보니 6개월 전에 러시아로부터 외국으로 보낸 아주 짧은 내용의 편지였다.

「빛나는 인물」은 여기서 인쇄할 수 없소. 다른 것들도 마찬가지요. 외국에서 인쇄하시오.

"그래도 모르겠어요? 여기서 비밀 인쇄기로 인쇄를 할 수 없게 되자 외국에 있는 동료에게 부탁한 거예요."

"알겠소. 그런데 누구에게 보낸 편지요?"

"아니, 그걸 몰라요? 키릴로프지. 당신 다 알면서 그렇게 내게 계속 시치미를 뗄 겁니까?"

"글쎄, 내가 뭔가 알고 있는지도 모르지……. 그런데 키릴로프가 누구요?"

"아, 얼마 전에 이곳에 온 기사(技士)이고, 스타브로긴의 결투 입회인이었고, 편집광에, 미친놈이지요. 놈이 직접 내게 보여준 겁니다. 어쨌든 샤토프는 내게 넘겨주고 건드리지 마세요. 나머지 놈들이야 귀신이 잡아가건 말건……. 내게 샤토프만 내주면 나머지들은 모두 한 접시에 담아 고이 바쳐드리지요. 아마, 아홉이나 열 명쯤 될 겁니다. 우리는 벌써 세 명은 확실히 알고 있지요. 샤토프, 키릴로프 그리고 그 소위라는 작자. 나머지가 누구인지 정확히 알려면 엿새가 필요해요. 그 전에는 안 됩니다. 그 전에 공연히 건드렸다가 낌새를 채면 다 흩어질 테니까요. 자, 샤토프는 건드리지 말고 내게 넘겨주세요. 그 친구 입을

통해 다 알아낼 수 있어요. 참, 율리야 미하일로브나에게는 입
도 뻥긋해서는 안 됩니다. 비밀입니다. 약속할 수 있겠어요?"

"뭐요?" 렘브케가 깜짝 놀라 되물었다. "정말로 율리야에게
는 아무것도…… 털어놓지 않았다는 거요?"

"부인에게요? 맙소사! 어떻게 부인에게! 온 동네 소문을 다
내려고? 암튼 엿새를 잊지 마세요. 일이 제대로 되려면 꼭 기
다려야 합니다."

"그럽시다."

"뭐, 지사님 손을 묶어두자는 건 아니고……. 아 참! 지사님
도 끄나풀들을 많이 심어놓으셨더군요. 온갖 종류의……. 헤
헤!" 표트르는 마치 일부러 그러는 듯 경박하게 웃으며 말했다.

"뭐 그렇게 많은 건 아니오. 참, 말이 나온 김에 한마디 물어
봅시다. 그 키릴로프라는 사람이 스타브로긴의 입회인이었다
면, 혹시 스타브로긴도……?"

"스타브로긴이 어쨌다는 거지요?"

"그들과 친하게 지내나 싶어서……."

"아니, 절대로 아니에요. 헛다리 짚은 겁니다. 원 놀라게 하
시긴……. 그 사람에 대해서는 충분히 알고 계신 줄 알았는
데……. 스타브로긴은 정반대되는 인물, 말하자면…… 그냥 '참

고로 일러두기' 정도랄까……."

"글쎄, 율리야 말로는 그가 정부에서 무슨 지령을 받은 인물 같다던데……."

"난 정말 몰라요, 아무것도……. 자, 이만 실례하겠습니다."

"잠깐!" 렘브케가 밖으로 나가려는 그를 불러 세웠다.

"내가 당신을 신뢰한다는 증거로 보여줄 게 있소." 그 말과 함께 그는 표트르에게 봉투를 하나 내밀었다. 표트르가 봉투를 여니 편지가 한 장 들어 있었다. 표트르는 편지를 읽었다. 익명으로 된 일종의 밀고 편지였다. 폭동이 준비되고 있으며 자신도 어쩌다 가담을 했지만 참회를 했다는 내용, 자신을 사면해주고 연금을 주겠다는 서약만 해주면 언제든 그 음모에 대해 소상히 알려주겠다는 내용이었다. 그리고 끝에 회개한 자유사상가 무명씨라고 적혀 있었다.

표트르가 이런 편지를 자주 받느냐고 묻자 렘브케는 두어 번 받았고 모두 익명이었다고 대답했다. 그러자 표트르가 말했다.

"혹시 이 편지 누구에게 보여주신 적 없나요?"

"어떻게 그럴 수 있겠소? 아무에게도 안 보여줬소."

"부탁이 있습니다. 이 편지를 잠시 제게 맡겨주실 수 없겠습니까? 도대체 누가 쓴 건지 제가 알아봐드리지요. 지사님의 밀정들보다 제가 먼저 알아낼 자신이 있습니다.”

렘브케는 영 찜찜한 기분이 들었지만 동의할 수밖에 없었다. 표트르는 밖으로 나가면서 다시 한번 다짐했다.

“그럼 안녕히 계세요. 사흘 정도 후면 이 편지를 쓴 놈을 지사님 앞에 대령할 수 있을 겁니다. 그리고 무엇보다 아까 약속한 것 잊지 마세요. 엿새입니다, 엿새!”

표트르는 분명 바보가 아니었다. 하지만 페디카가 제대로 보았듯, 그는 ‘사람을 자기 식으로 판단해놓고는 그 생각을 바꾸는 법이 없는 사람’이었다. 이 젊은이는 지사의 집을 나서면서 자신이 필요로 하는 엿새를 충분히 벌었다고 확신했다. 하지만 그의 확신은 완전히 빗나갔다. 그리고 그것은 그가 애초부터 렘브케를 얼뜨기로 여기고 언제까지나 그러리라고 생각했기에 벌어진 일이었다.

쉽사리 의혹에 사로잡히는 사람들이 늘 그렇듯이, 렘브케는 의혹에서 빠져나와 확실한 것을 손에 잡았다고 느끼는 순간 기꺼이 그리고 과도할 정도로 그 확신을 믿었다. 자신을 너무 지치게 만들었던 이전의 의혹들이 한꺼번에 해결된 것만 같았다. 하지만, 오오, 그가 완전히 평온을 되찾은 것은 아니었으니! 페테르부르크에서의 오랜 체류가 그의 정신에 지울 수 없는 흔적을 남겼다. 그는 젊은 세대의 생각에 대해 나름대로 일가견이 있다고 믿었고 호기심도 있어 젊은이들의 선언문을 모아왔다. 하지만 그는 그 선언문들의 첫 마디부터 도무지 무슨 소리인지 알아먹을 수가 없었다. 마치 숲속을 헤매는 것 같았다. 그들이 도대체 무슨 일을 저지르겠다는 것인지 종잡을 수가 없었다. 따라서 표트르가 나간 뒤에도 그는 여전히 골치가 아파 이런저런 생각을 하며 앉아 있었다.

그런데 바로 그 순간 밖으로 피해 있던 블륨이 고개를 내밀었다. 아마 숨어서 그들의 대화를 다 들은 것 같았다. 그는 렘브케의 먼 친척뻘이었지만 스스로 그 사실을 쉬쉬하며 숨기고 있었다.

그가 안으로 들어오자 지사가 그에게 말했다.

"제발 아무 말도 말아주게."

표트르가 들어오기 전에 그들이 나누던 대화를 더 잇고 싶지 않다는 표시였다. 그러자 블륨이 말했다.

"하지만 아무도 눈치채지 못하게 은밀히 처리할 수 있습니다. 지사님께는 그만한 권한이 있지 않습니까?"

"블륨, 이전에 생각하던 것과는 다른 일이라는 확신을 하게 됐네. 전혀 다른 일이야."

"지사님조차 의심하고 있는 그 사기꾼 같은 젊은이 말을 들으시고 말입니까? 놈은 지사님의 문학적 재능 운운하면서 지사님을 홀려놓은 겁니다."

"블륨, 무슨 헛소린가? 자네 계획은 무모해. 아무것도 찾지 못하고 무시무시한 소동만 일으킬 거야. 사람들은 우리를 비웃을 거야. 율리야까지도……."

"아닙니다. 우리가 찾고 있던 걸 분명히 찾아낼 겁니다. 새벽에 불시 검열을 할 겁니다. 물론 엄격히 합법적으로 진행할 겁니다. 그곳을 여러 번 방문했던 람신과 젤랴트니코프가 다 찾아낼 수 있다고 호언장담하고 있습니다. 아무도 스테판 베르호벤스키에 대해서는 신경도 안 씁니다. 스타브로기나 부인도 그를 더 이상 보호하지 않겠다고 공개적으로 선언했습니다. 그리고 모든 사람들이 이 작은 마을에 그런 사람이 있다는 게 사회의 안녕에 해가 된다고 생각하고 있습니다. 그는 모든 무신론, 사회주의적 교리의 근원입니다. 거기서 온갖 금서들을 다 찾을 수 있을 것이고 선언문 전단들도 발견할 수 있을 겁니다. 그의 아들도 아주 의심스러운 인물입니다."

"자네, 아버지와 아들을 혼동하고 있군. 자네, 무리한 짓을 하는 거야. 어쨌든 그는 여기서 유력 인사야. 교수였던 사람이라고……."

"그냥 강사였을 뿐입니다. 게다가 정부에 반하는 음모를 꾸몄다는 혐의를 받고 쫓겨난 인물입니다. 지금까지도 은밀한 감시를 받고 있음이 틀림없습니다. 그런 사람을 두둔하시다니 지사님의 의무를 저버리는 일입니다. 부디, 허락해주십시오."

"어서 물러가지 못해! 자네 마음대로 해……. 나중에……. 오, 맙소사!"

커튼이 올라가더니 율리야가 나타나는 바람에 그들의 대화는 저절로 중단되었다.

블륨이 지사의 이 마지막 외침을 공식적인 허락으로 해석해서인지, 아니면 이 열성적인 부하가 주인을 위해서 도움이 되는 일은 하고야 말겠다는 의무에 사로잡혀서인지, 어쨌든 이 상관과 부하의 한 편의 대화로 인해 블륨은 나중에 예기치 못한 사건을 저질렀다. 그로 인해 지사는 모든 사람들의 조롱거리가 되었고, 율리야는 격노했으며, 결국 렘브케는 가장 결정적인 순간에 아무 결정도 할 수 없는 그런 황당한 지경에 빠지게 되었다.

3

표트르는 그날 하루 동안 분주히 쏘다녔다. 그가 렘브케의 집에서 나와 제일 먼저 찾아간 사람은 작가 카르마지노프였다. 사실 이 대작가는 이틀 전부터 표트르를 기다리고 있었다. 사흘 전 그는 축제일에 낭송할 「메르시(Merci)」라는 제목의 시 원고를 표트르에게 주었다. 그에게 위대한 작품을 미리 맛보게 함으로써 표트르의 자존심을 한껏 충족시켜주려 한 것이다. 이 오만한 '국가적인 작가'가 자신에게 아부하고 있음을 표트르는 피부로 느끼고 있었다. 표트르는 그가 자신을 러시아 혁명의 핵심 인물까지는 아니더라도 최소한 영향력 있는 우두머리들 중의 하나로 생각하고 있음을 알고 있었다.

표트르는 젊은이들에게 대단한 영향력을 행사하고 있는 이 작가가 어떤 생각을 하고 있는지 넌지시 알아보기 위해 그를 찾아간 것이다.

이 대작가는 누이동생의 집에 기거하고 있었다. 표트르를 보자 카르마지노프가 반갑게 맞으며 말했다.

"당신을 기다리고 있었소."

"아니 왜요? 제가 찾아오겠다고 약속하지도 않았는데……."

"맞아요. 하지만 당신은 내 원고를 갖고 있지 않소? 그걸…… 그걸 읽어봤소?"

"원고라니요? 무슨 말씀이신지?"

카르마지노프는 놀라 자빠질 지경이었다.

"아니, 내가 전해준 시 원고 말이오. 어쨌든 그걸 가지고 왔겠지요?"

"아, 그 「봉주르」이라는 시 말이로군요."

"「메르시」인데……."

"아무려면 어때요. 바빠서 읽지 못했습니다." 그 말과 함께 그는 뒷주머니에서 꾸겨진 원고 뭉치를 꺼냈다.

"좀 구겨졌네요. 원고를 받은 후 뒷주머니에 넣고 깜빡했지 뭡니까."

분위기가 좀 어색해졌다. 둘 사이에 잠시 침묵이 흘렀다. 잠시 후 표트르가 그에게 물었다.

"러시아에 오래 계실 건 아니지요?"

"영지를 팔기 위해 온 거니까, 집사에게 달렸지요."

"유럽에 전염병이 돌 것 같아서 러시아로 돌아오신 건 아니고요?"

"아니, 전혀 그 때문이 아니오. 사실은 가능한 한 오래 살고 싶소이다. 러시아는 유럽에 비해 저항력이 너무 약해요. 모든 것이 쉽게 무너져 내리고……. 러시아의 신도 병들었고, 농노해방도 겨우 버텨내긴 했지만 심하게 흔들렸소. 모든 게 너무 쉽게 마모되어버린단 말이야. 난 가능한 한 오래 마모되지 않고 버티기 위해 유럽에서 살려는 거요."

"너무 비관적이시군요."

"아니, 뭐 꼭 그렇지는 않소. 나는 러시아의 젊은이들에게 희망을 걸고 있소. 나는 사람들이 젊은이들과 나를 비교하면서 나를 헐뜯고 있다는 사실을 잘 알고 있소. 하지만 나는 젊은이들의 움직임에 늘 공감해왔소. 이곳에서 떠도는 전단을 본 적도 있지. 모두들 그 과격함에 놀란 척하고 있지만 내심으로는 그들의 힘을 인정하고 있는 게 확실하오. 모두들 러시아 사회가 몰락해가고 있다는 것, 더 이상 구원의 길은 없다는 것을 오래전부터 느끼고 있어요. 많은 재산가들이 마치 배가 침몰하면 쥐새끼들이 제일 먼저 배를 떠나듯 러시아를 떠나고 있지. 나는 이 전단에서 선언하고 있는 일들이 성공하리라고 확신하오. 왜냐? 그 무슨 일을 하건 그것을 막을 만한 장애물이 하나도 없는 나라는 전 세계에서 러시아뿐이기 때문이오. 어쨌든 이 상태로는 희망이 없어요. 난 독일 국적을 획득했고, 그걸 명예

롭게 여기고 있소."

"그런데 방금 전단에 대해 말씀하셨지요? 거기에 대해 어떻게 생각하십니까?"

"모두들 그걸 두려워하고 있다는 사실이 그 힘이 강력하다는 걸 증명해주는 거요. 모든 장막을 찢어 헤치면서 러시아에는 더 이상 기댈 게 없다는 걸 보여주고 있지. 명예를 비롯해 모든 것을 부정한다는 것, 그건 러시아에서만 가능한 일이요. 기댈 게 있는 유럽에서는 불가능하지. '명예스럽지 않을 권리'라! 가장 러시아다워요. 난 구세대 사람이라 약간은 명예를 존중하지만 그건 고작해야 습관일 뿐이오. 그저, 난 늙어서 낡은 형식들이 좀 편할 뿐이오……. 날 겁쟁이라고 욕할지 모르지만 어쩌겠소? 이 나이에는 고질적인 편견을 버리기 힘든 법이니……."

표트르는 알 것은 다 알았다는 듯 모자를 집으며 자리에서 일어났다. 그러자 카르마지노프가 작별 인사를 하려고 표트르의 두 손을 잡으며 한껏 상냥한 말투로 말했다.

"그런데…… 그게…… 계획하고 있는 일이…… 실제로 실현된다면…… 그게 언제쯤일까요?"

"내가 어떻게 알겠어요?" 표트르는 거칠게 대답했다.

"대충이라도 말입니다."

"영지를 팔고 짐을 쌀 여유는 있을 겁니다." 표트르는 한결 거칠게 대답했다. 두 사람은 서로를 뚫어지게 바라보았다. 잠시 침묵이 흘렀다.

표트르가 다시 입을 열었다.

"5월쯤에 시작해서 10월쯤이면 다 끝날 겁니다."

"정말 고맙소." 카르마지노프는 그의 두 손을 꽉 쥐면서 감사의 마음이 흠뻑 담긴 목소리로 말했다.

거리로 나서면서 표트르는 중얼거렸다.

'이런, 쥐새끼! 배에서 떠날 시간이 충분하다 이거지! 그래, 이런 '국가적인 인물'이 날짜를 알고 싶어 노심초사하고 있다 이거지! 내가 정보를 주니까 저렇게 기뻐하는 걸 보니 우리들은 자신감을 가져도 되겠군. (그는 씩 웃었다.) 그래, 저런 놈이 지식인 행세를 한다 이거로군. 그저 도망칠 생각이나 하는 놈을…… 저놈은 밀고도 못 할 놈이야!'

그는 서둘러 보고야블렌스카야 거리에 있는 필리포프의 집으로 향했다.

그는 우선 키릴로프에게 갔다. 키릴로프는 맨손 체조를 하고 있다가 표트르를 맞았다. 표트르가 그에게 말했다.

"늘 건강에 신경을 쓰는군요. 자, 용건을 말하리다. 우리들이 맺은 협약에 대해 말하려고 왔어요. '어떤 의미로는' 기한이 다가오고 있지 않은가요?"

"무슨 협약?"

"아니, 무슨 협약이라니?"

"그건 협약도 아니고 참여도 아니오. 그건 그냥 내 의지요. 전이나 지금이나 내 의지만 있을 뿐이오."

"알았어요. 그냥 의지라고 칩시다. 그런데 당신은 말끝마다 화를 내는군요. 최근에 쭉 그래왔어요. 그래서 만나러 오지도 못했지. 어쨌든 당신이 배신하지는 않으리라고 믿어요."

"난 당신이 정말 마음에 들지 않아. 하지만 안심해도 좋소. 배반이니 아니니 하는 단어는 내게는 어울리지 않으니까."

"좋소. 그렇다면 단도직입적으로 묻지요. 당신은 오래전부터 당신의 목숨을 끊으려 해왔지요?"

"지금도 그런 생각을 하고 있소."

"멋져요. 당신, 이전의 낡은 조직의 회원일 때 그 생각을 조직의 한 명에게 털어놓았죠?"

"털어놓긴…… 그냥 말했을 뿐이오."

그는 차를 내와 표트르에게 권한 후 말을 이었다.

"조직에서 내 자살이 유용할 수도 있겠다고 생각한 거겠지. 당신들이 이곳에서 뭔가 어리석은 짓을 저지른 후 범인을 찾고 있을 때, 모두 내가 한 짓이라는 쪽지를 남기면 당신들은 내내 안전하게 지낼 수 있을 테니……. 그리고 좀 더 기다려줄 수 없느냐고 내게 말했지. 나는 아무래도 상관없으니 조직에서 원하는 때까지 얼마든지 기다려주겠다고 말했소. 그게 다요."

"좋아요. 하지만 한 가지만 덧붙입시다. 당신은 그 쪽지를 작성할 때 반드시 나와 함께 있어야 한다는 의무가 있다는 것. 우리가 러시아에 있는 한 당신은 내 지시에 따라야 하오. 물론 이일에 한해서요. 다른 모든 일에서는 당신은 자유롭소."

"그래, 이제 급하게 되었소? 어쨌든 때가 되었다고 하면 나는 즉시 실행하겠소. 됐소?"

"알았어요. 자, 오늘 우리 모임에 올 겁니까? 비르긴스키의 영명축일인데 그걸 핑계로 모이는 거요."

"가지 않겠소."

"제발 와주시오. 그래야 해요. 우리들의 숫자와 면면으로 그들에게 압박을 가해야 하오. 당신이…… 당신이라는 존재가…… 너무나 중요하오."

"좋소, 가리다. 언제요?"

"좀 이른 시간이오. 6시 반. 참, 잊지 말고 종이와 펜을 챙겨와요."

"그건 왜?"

"당신이야 아무 상관 없는 문제일 테니 내가 특별히 부탁하는 겁니다. 당신은 아무하고도 이야기를 나누지 말고 그저 종이에다 뭔가 끼적이는 흉내만 내면 돼요."

"아니, 뭣 때문에?"

"실은 모스크바의 우리 조직 멤버 중에 검열관이 있었소. 그런데 그가 그만 체포되고 말았소. 나는 우리 조직원들에게 그가 참석할 것이라고 말해놓았소. 당신이 아무 말 없이 뭔가 종이에 끼적이고 있으면 당신을 검열관이라고 생각할 거요. 당신이 3주째 이곳에 살고 있었으니 모두들 깜짝 놀랄 거요."

"무슨 웃기는 짓거리를! 조직에 무슨 검열관이 있다고!"

"좋아요. 없다고 칩시다. 하지만 당신에게는 아무 상관 없는 일 아니오? 힘든 일도 아니고……."

"좋소, 그냥 검열관이라고 칩시다. 하지만 종이와 연필을 쓰기는 싫소."

"아니, 왜?"

"그냥 싫소."

표트르는 화가 치솟았지만 꾹 참고 갑자기 목소리를 낮추어 말했다.

"'그놈'이 당신 집에 있지요?"

"그렇소."

"그렇다면 샤토프도 페디카를 알고 있나요?"

"난 샤토프와는 아무 이야기도 나누지 않소. 아메리카에서 너무 오랫동안 함께 뒹굴었으니 이제 그만 등을 돌리고 싶을 뿐이오."

"나는 곧바로 그를 만나러 갈 참이오."

"좋으실 대로."

"잠시 후에 스타브로긴과 함께 당신에게 다시 들를지도 모르겠소." 표트르가 문밖으로 나가면서 말했다. 그러자 키릴로프가 그의 등 뒤에 중얼거리듯 말했다.

"오시든지. 하지만 스타브로긴에게 해가 되는 일이라면 난 아무 짓도 안 할 거야."

표트르는 깜짝 놀라 그를 뒤돌아보았지만 아무 말도 하지 않았다.

잠시 후 그는 샤토프와 이야기를 나누고 있었다. 샤토프는 머리가 좀 아프다며 누워 있었다. 표트르가 의례적인 인사 후에 단도직입적으로 말했다.

"당신이 이렇게 앓아누워 있으면 안 되지. 오늘 비르긴스키의 영명축일을 핑계로 모두 그의 집에 모입니다. 난 니콜라이와 갈 겁니다. 당신 생각이 어떤지 알기에 당신을 억지로 초대할 생각은 없어요. 뭐, 당신이…… 우리를 밀고하리라는 생각에서는 아니고……. 그저 당신이 쓸데없는 수고를 할 필요가 있을까 해서……. 그렇지만 당신이 꼭 참석해야 할 이유가 생겼소. 당신이 어떤 식으로 우리 조직에서 탈퇴할 것인가 하는 문제와 그 경우 당신이 갖고 있는 것들을 어떻게 처리할 것인가 하는 문제를 최종 결정할 수 있는 사람들이 오기로 했소. 모두들 당신이 인쇄기와 종이들을 넘겨주길 바라고 있소. 그런 후에야 당신은 얼마든지 자유롭게 행동할 수 있을 거요."

"아니, 내게 무슨 그런 절차가 필요하단 말이오? 난 이곳에 오자마자 확실하게 문서로 내 의사를 밝혔는데……."

"아니, 그다지 명확하지 않았지. 예컨대, 나는 「빛나는 인물」과 다른 두 개의 선언문을 당신에게 보내서 인쇄를 하라고 했소. 그러자 당신은 무슨 애매모호한 편지와 함께 그것들을 돌려보냈소."

"난 단호하게 인쇄를 거절했소."

"물론 거절은 했지만 그다지 단호하지는 않았지요. 그냥 '할 수 없다'라고만 했을 뿐 사정은 말하지 않았어요. '할 수 없다'와 '하지 않겠다'는 다르지 않은가요? 우리는 사정상 인쇄는 할 수 없지만 우리 조직과의 관계는 계속하겠다는 뜻으로 받아들였어요. 당신이 밀고할 것이라고 주장하는 사람도 있었지만 내가 당신을 적극적으로 변호했어요."

"마음대로들 하라지! 내가 밀고를 하리라고 생각하든 말든 나랑 무슨 상관이야! 그래, 나한테 무슨 짓을 할 수 있는지 어디 말해봐!"

"당신을 점찍어두었다가 혁명이 성공하면 제일 먼저 목매달겠지."

"당신들이 최고 권력을 얻고 러시아를 손에 넣었을 때?" 샤토프가 비웃듯 말했다.

"비웃지 마시오. 자, 오늘 함께 갑시다. 어쨌든 좋게 헤어지는 게 낫지 않소? 아무튼 당신은 낡은 종잇장들과 기계들을 넘겨줘야 하니."

샤토프는 잠시 고개를 떨어뜨린 채 생각에 잠겨 있더니 "가겠소"라고 말했다. 그러더니 갑자기 고개를 들고 물었다.

"스타브로긴도 올 거요?"

"반드시 올 겁니다."

두 사람은 잠시 침묵했다. 이번에도 먼저 입을 연 것은 샤토프였다.

"그런데 당신들이 내게 인쇄해달라고 했던 「빛나는 인물」은 인쇄했소?"

"했소."

"어린 학생들에게, 헤르첸이 당신에게 직접 써줬다고 선전하려고?"

"실제로 헤르첸이 써준 거요."

잠시 후 표트르는 그 집을 나서면서 중얼거렸다.

'좋아, 너, 이제 참 꼴좋게 되었군! 오늘 저녁에는 더할걸. 바로 너 같은 인간이 필요했던 거야. 오, 러시아의 신이 나를 돕고 있도다!'

저녁 6시 정각에 표트르는 매사 다 잘되었다는 흡족한 표정으로 니콜라이 스타브로긴의 집에 나타났다. 하지만 그는 곧바로 니콜라이를 만날 수는 없었다. 그에게 손님이 와 있었던 것이다. 손님은 마브리키 니콜라예비치였다. 얼마 후 얼굴이 하얗게 질린 마브리키가 서재에서 나오더니 표트르가 응접실에 앉아 있는 것을 알아채지도 못하고 지나가버렸다. 표트르는 즉시 서재로 뛰어 들어갔다.

나는 우선적으로 리자를 사이에 둔 두 연적, 마브리키와 니콜라이 간에 오갔던 대화를 간략하게나마 소개하지 않을 수 없다. 전혀 예기치 않게 니콜라이를 찾아온 마브리키는 그를 보자마자 말했다.

"가능하다면 리자베타 니콜라예브나와 결혼해주십시오."

목소리만으로는 이게 간청인지, 권유인지 아니면 명령인지 알 수 없었다. 잠시 어안이 벙벙해 있던 니콜라이가 말했다.

"제가 잘못 알고 있는 것이 아니라면 그녀는 이미 당신과 약혼했을 텐데요."

"물론 약혼식도 올렸습니다. 그리고 그녀는 저를 '사랑하고 존중합니다'. 그녀가 직접 말했습니다. 하지만 그녀는 결혼식장에서라도 당신이 부르면 당장 달려갈 겁니다."

"무슨 오해를?"

"절대로 오해가 아닙니다. 당신을 향한 그녀의 증오 속에서도 매 순간 당신을 향한 사랑이 번득이고 있습니다. 일종의 광기가…… 반대로…… 나를 향한 사랑, 그 진실한 사랑 속에는…… 증오가 번득입니다. 전에는 이런…… 이런…… 변모는 상상할 수도 없었습니다. 저는 정신병원에라도 가야 할 처지입니다. 그런데도…… 이렇게 당신에게 간청하기 위해 찾아온 겁니다. 이 세상에서 오직 당신만이 그녀를 행복하게 할 수 있고 오직 저만이 그녀를 불행하게 만들 수 있습니다. 제가 여기까지 온 이상 이제 그녀와 결혼하는 것은 불가능합니다. 어서 그녀와 결혼하십시오.”

“아니, 제가 한마디 묻지요. 어떻게 제 감정과 그녀의 감정에 대해 그렇게 눈에 보이는 물건처럼 확실하게 말씀하실 수 있지요? 가장 확실한 것을 말씀드리지요. 저는 이미 결혼한 몸이기 때문에 그녀에게 구애를 하거나 결혼할 수 없습니다.”

그러자 마브리키의 얼굴이 비참할 정도로 창백해졌다.

“아니, 전에는 결혼하지 않았다고 말하더니…….”

이어서 그는 주먹으로 탁자를 내리치며 외쳤다.

“그런 고백을 하고도 리자를 내버려두지 않는다면! 그녀를 불행하게 만든다면 지팡이로 개처럼 패 죽일 거요!”

그는 벌떡 일어나더니 황망히 방에서 나갔다. 그리고 이어서 표트르가 방으로 들어온 것이다.

그를 보자 니콜라이가 말했다.

"아, 그 '우리 동지들' 모임에 가자고 온 거로군요. 좋소, 같이 갑시다."

그는 모자를 집어 들었고 둘은 곧바로 밖으로 나왔다.

길을 가면서 니콜라이가 표트르에게 물었다.

"하나만 묻지. 당신네 '우리 동지들'이 얼마나 되오? 도대체 누구누구요?"

"회원이라야 고작 네 명뿐이지요. 나머지는 그냥 우리에게 충성하고 보고하는 무리들이고…… 뭐, 당신이 직접 규약을 썼으니 설명할 필요도 없지요."

"그렇다면 당신은 여전히 내게 희망을 걸고 있는 거요?"

"당신이 수령이 되어야 합니다. 힘 있는 지도자가! 나는 그저 당신 곁의 2인자이자 비서일 뿐이지요. 우리는 함께 아름다운 배에 타고 노를 저어 가는 겁니다."

"당신은 분명히 나를 외국에서 온 무슨 국제 조직의 일원으로 소개해놓았겠지? 무슨 검열관 같은 것?"

"아니, 검열관이 아니라 외국에서 온 우리 조직의 창립자가 될 겁니다. 그게 바로 당신 역할입니다. 몇 마디 말을 해야 할 겁니다."

"에잇, 다 제멋대로 해놓았군: 좋아, 몇 마디 하지. 그리고 당신을 개처럼 멋지게 두들겨 패주지."

"네, 좋습니다. 아, 벌써 다 왔네요. 이제 표정 관리 좀 하세요. 전 언제나 그렇게 하지요. 좀 침울한 척해야 해요. 그게 답니다. 아주 간단하지요."

제7장 '우리 동지들'의 모임

비르긴스키는 무라비인나야 거리에 있는 아내 소유의 집에서 살고 있었다. 목조로 된 단층집이었으며 세를 든 사람은 없었다. 비르긴스키의 영명축일 명목으로 모두 열다섯 명이 모였다. 하지만 일반적인 영명축일 모임과 달리 파티 분위기는 전혀 없었다. 비르긴스키는 그다지 높지 않은 관직에 종사하고 있었으며 이십 대 후반의 부인 아리나 포호로브나 비르긴스카야는 산파 일을 하고 있었다.

그날 모임에 모인 사람들(대부분이 남자였다)의 표정도 전혀 축일에 모인 사람들 같지 않았다. 게다가 음식도 없었고 카드도 없었다. 사모바르 차만 준비해두었고 약간의 빵이 있었으며 여주인의 언니인 서른 살 노처녀가 차와 빵을 대접했다. 모인 사람들 중 여자는 그 두 명 외에 방금 페테르부르크에서 도착한 비르긴스키의 누이동생을 포함해 모두 세 명이었다. 비르긴스키 양은 나름대로 예쁘게 생긴 통통한 아가씨로서 대학생이었고 니힐리스트였다.

탁자에 자리 잡은 손님들은 모두 무언가 기대하는 눈치였지만, 큰 목소리로 별 의미 없는 이야기를 시끌벅적하게 나누고 있었다. 그런데 니콜라이와 표트르가 등장하자 순식간에 잠잠해졌다.

그곳에서 벌어진 일을 묘사하기 전에 미리 설명을 해둘 것이 있다. 그들은 모두 무언가 흥미로운 이야기를 들을 것이라는 기분 좋은 기대를 하며 그곳에 모였으며, 미리 통보를 받았을 터였다. 그들은 이 지역에서 가장 새빨간 극단적 자유주의자들이었으며 이 회의를 위해 표트르가 공들여 선별한 사람들이었다. 하지만 그들 대부분은 자신들이 왜 소환되었는지 확실히 알지 못했다. 다만 그들은 은연중에 표트르 스테파노비치 베르호벤스키를 전권을 위임받은 해외 특사로 간주하고 있었다.

표트르는 이전에 모스크바에서 했던 것과 마찬가지로 우리 현에서도 관리들로 이루어진 '5인조'를 만들었다. 들리는 말로는 그가 X현에서도 비슷한 조직을 만들었다고 한다. 5인조는 사람들 틈에 섞여 평범한 사람인 체하고 있었지만, 그들이 누구인가 하는 것은 이제 더 이상 비밀이 아니었다. 그들은 리푸틴, 비르긴스키, 비르긴스키 부인의 오빠인 쉬갈료프, 음악가 럄신, 마지막으로 톨카첸코라는 사람이었다. 마흔 살쯤 먹은 톨카첸코는 철도에서 근무하고 있었으며 민중, 특히 도둑과 강도 연구에 일가견이 있는 것으로 알려져 있었다. 이들 다섯 명으로 이루어진 그룹은 러시아 전역에 흩어져 있는 수백, 수천 그룹들 중의 하나였고, 그들은 모두 자신들의 그룹이 유럽의 세계적 혁명 조직과 비밀스런 관계를 맺고 있다고 믿고 있었다.

하지만 그들이 모두 사명감에 투철했거나 자신들의 임무를 정확히 알고 있던 것은 절대로 아니었다. 표트르는 그들에게 아무런 언질도 하지 않았고, 그저 자기 마음대로 엄격하게 다루었을 뿐이었다. 그들은 이 모임에서 처음 보는 사람들을 표트르가 다른 곳에서 조직한 단체의 회원들이 아닌지 의심하고 있었기에 회의 분위기는 대단히 어수선했다.

이제 그들 5인조 외에 제3의 인물들의 면면을 살펴보기로 하자. 우선 비르긴스키의 가까운 친척인 현역 소령이 있었다. 사실 그는 표트르의 초대를 받아 온 인물이 아니었다. 그는 비르긴스키의 영명축일을 축하해주기 위해 들른 것이었으며, 그를 받아들이지 않을 명분이 없었기에 그 자리에 참석하게 된 것이다. 하지만 그가 밀고라도 하면 어쩌나 하는 걱정은 할 필요가 없었다. 그는 좀 얼간이인 데다 극단주의자들이 모이는 곳에 자주 얼굴을 내미는 사람이었다. 심지어 젊은 시절에는 두려움 때문에 펼쳐보지도 않은 채 유인물들을 직접 배포하기도 했는데, 그 일을 거절하는 것은 비겁한 짓이라는 단순한 이유 때문이었다.

다음으로는 두 명의 교사가 있었다. 그들 중 한 명은 절름발이로서 마흔다섯의 나이에 고등학교 교사로 재직하고 있었다. 그는 척 보기에도 사악한 데다 허영심이 강해 보였다. 그 외에 두세 명의 장교가 있었고, 하릴없이 빌빌대고 돌아다니는 신학생, 나이에 걸맞지 않게 되바라진 시장의 아들, 음울한 표정을 짓고 있는 열여덟 살 먹은 고등학생이 있었다. 그는 마치 자기의 어린 나이가 자기의 권위를 좀먹는 듯하다는 표정이었다. 나중에 알려져 모두에게 충격을 준 사실이었는데, 그는 자기가 다니는 학교 비밀 집단의 우두머리였다.

아 참, 샤토프를 빼먹었다. 그는 탁자 구석 자리에 고개를 숙이고 앉아 모자를 손에서 놓지 않고 있었다. 마치 자신은 정식 방문객이 아니라 잠시 볼일이 있어 들렀을 뿐, 언제고 일어나

나갈 수 있다는 것을 시위하는 것 같았다. 그와 가까운 곳에 키릴로프도 앉아 있었는데 샤토프와 마찬가지로 아무 말이 없었다. 다만 그는 샤토프와 달리 사람들을 예의 그 광채 없는 시선으로 둘러보며 그들의 말에 귀를 기울였다. 한 가지만 더 지적하자. 비르긴스키의 누이동생인 여대생은 커다란 보따리를 들고 있었다. 그녀는 대학이 있는 도시 곳곳을 돌아다니며 자신이 직접 제작한 유인물을 유포할 계획이었다.

나는 그곳에서 오간 정말로 쓸데없는 말싸움을 자세히 묘사하지 않으련다. 다만 고등학생과 여대생 사이에 하찮은 문제로 거의 인신공격에 가까운 논쟁이 오갔다는 사실, 이어서 여대생의 친척 아저씨뻘인 소령과 여대생 사이에서도 격렬한 논쟁이 오갔다는 사실만 밝히기로 하자. 그들은 낡은 제도에 대해, 남녀 간의 편견에 대해, 도덕에 대해, 신에 대해 그야말로 중구난방으로 떠들어댔다.

그들의 소모적인 논쟁을 듣다 못한 여주인이 "도대체 그런 식의 말싸움이 언제나 끝날까요?"라고 짜증난 듯 말했다. 그 말을 듣고 비르긴스키가 목청을 높여 말했다.

"여러분! 누구든 우리 일과 연관된 이야기를 꺼내고 싶으시다면, 또 뭔가 할 말이 있으시다면 앞으로 나서서 발언해주시길 부탁드립니다."

그러자 이제까지 입을 꾹 다문 채 잠자코 있던 절름발이 교사가 말했다.

"제가 감히 여쭤보고 싶은 게 한 가지 있습니다. 우리가 무슨 회의를 하기 위해 모인 것인지 아니면 단순히 손님으로 이 집에 온 것인지 알고 싶습니다. 좀 더 질서를 잡기 위해, 우리가 뭘 하고 있는 건지 알기 위해 물은 겁니다."

속에 가시를 품고 있는 이 음흉한 질문은 효과가 있었다. 모두들 서로 눈짓을 주고받다가 일제히 표트르와 니콜라이 쪽으로 고개를 돌렸다. 비르긴스키의 부인 아리나가 말했다.

"제가 제안 하나 하겠어요. 우리 모임이 회의인지 아닌지 표결에 부치면 어때요?"

"전적으로 동의합니다." 리푸틴이 응답했다. 이어서 여기저기서 "동의요!" 하는 목소리가 들렸다.

"그래요, 그렇게 하면 훨씬 질서가 잡히겠군요." 비르긴스키가 확신에 차서 말했다.

하지만 미리 말해두자. 우선 질서를 잡기 위해 시작한 그 표결부터 질서가 없었다. 회의라는 데 찬성하는 사람이 손을 들

것인가, 반대하는 사람이 손을 들 것인가 하는 문제로 그들은 한참 동안 설왕설래했으며 결국 비르긴스키가 "여러분, 모두들 말로 대답해주세요! 우리가 회의를 위해 모인 겁니까?"라고 외친 후에야 결말이 났다. 사방에서 "회의입니다, 회의"라는 소리가 울려 퍼졌고 비르긴스키는 "표결할 필요 없겠지요? 모두 동의하시지요"라고 외침으로써, 이 모임은 공식 회의가 되었다.

그러자 여기저기서 외치는 소리가 들렸다.

"공식 회의라면 의장이 있어야지요."

"당연히 주인이 의장이 되어야지요!"

이렇게 해서 비르긴스키는 그 회의의 의장이 되었다. 의장이 된 비르긴스키는 즉시 임무를 수행했다.

"자, 아까 했던 제안을 다시 하겠습니다. 누구든 우리 주제에 적합한 발언을 하실 분 안 계십니까? 자, 뭔가 할 말이 있으신 분은 지체 없이 앞으로 나와주십시오."

하지만 침묵이 흐를 뿐이었다. 사람들의 시선은 다시 한번 표트르와 니콜라이를 향했다.

"베르호벤스키 씨, 당신 할 말이 없으세요?" 여주인이 표트르에게 직접 물었다.

"전혀 없습니다. 그저 브랜디나 한잔했으면 하는데요." 그가 기지개를 켜고 하품을 하면서 말했다.

"스타브로긴 씨, 당신은?"

"감사합니다. 하지만 저는 지금 브랜디는……."

"아니, 브랜디 이야기가 아니라, 하실 말씀이 있느냐 묻는 거예요."

"할 말이오? 무슨 말을? 아니, 할 말 없습니다."

그러자 식탁 끝 쪽에 앉아 있던 귀가 긴 쉬갈료프가 자리에서 일어났다. 그는 음울한 표정을 지으며 작은 글씨가 빽빽하게 적혀 있는 노트를 탁자 위에 놓았다. 그는 한동안 말없이 서 있더니 사람들이 그를 주목하자 이윽고 입을 열었다.

"제가 한마디 해도 되겠습니까?" 목소리 역시 우울했지만 한편으로는 단호한 어조이기도 했다.

"여러분!" 그가 운을 뗐다. 그런데 그 순간 여주인 언니가 브랜디와 잔을 표트르에게 건네며 "자, 브랜디, 여기 있어요"라고 퉁명스럽게 말하는 바람에 그의 말이 끊겼다.

쉬갈료프는 위엄 있는 표정을 지으며 잠시 말을 멈추더니 다시 입을 열었다.

"여러분, 주목해주시기 바랍니다. 자, 이제 서론에 들어가겠습니다."

“부인, 혹시 가위 없어요?” 표트르가 갑자기 여주인에게 물었다.

“가위는 왜요?” 여주인이 눈을 휘둥그레 뜨고 물었다.

“손톱 깎는다는 걸 깜빡했지 뭡니까? 사흘 전부터 깎는다, 깎는다 해놓고…….”

그녀가 가위를 갖다주자 표트르는 손톱을 깎기 시작했다. 약간 어이없어하던 쉬갈료프는 겨우 이야기를 이어갈 수 있게 되었다. 만연체에 장황하기 이를 데 없었다.

“나의 모든 에너지를 지금의 사회조직을 대체할 수 있는 미래의 사회조직이란 어떤 것일까에 대한 연구에 쏟아부은 뒤, 나는 저 옛날로부터 최근 187*년에 이르기까지 사회적 시스템을 창안했던 모든 사람들이 몽상가요, 이야기꾼이며, 자기모순에 빠진 바보라는 확신을 갖게 되었습니다. 그들은 자연과학에 대해서도, 인간이라는 이상한 동물에 대해서도 아는 게 하나도 없었습니다. 플라톤, 루소, 푸리에는 알루미늄 기둥처럼 참새들에게나 도움이 될까, 인간에게는 조금도 도움이 되지 않습니다. 그런데 우리가 행동에 나서려는 지금 이 순간, 우리에게는 새로운 사회조직이 필수입니다. 미래의 불확실성을 피하기 위해 나는 나만의 고유한 세계 조직을 제안합니다. 바로 이것입니다." 그는 노트를 툭 쳤다.

"제가 이 내용을 다 소개하려면 열흘 정도나 시간이 필요할 것입니다. 게다가 제 시스템은 아직 완결되지 않았습니다. 자료들 속에서 길을 잃기도 했고 출발과는 완전히 모순되는 결론에 도달하기도 했습니다. 저는 무한한 자유로부터 출발해서 무한한 전제주의로 결론을 맺게 된 것입니다."

사람들은 그의 말이 어디가 우스운지 박장대소했다. 하지만 웃는 자들은 대개 젊은 자들이거나 이 모임과 그다지 깊은 연관이 없는 사람들이었다.

"아니, 그렇게 일관성이 없는 체계이고, 당신도 절망할 수밖에 없는 체계라면 그걸 어디다 쓸 수 있단 말이오?" 한 장교가 날카롭게 지적했다.

"장교님, 당신 말이 옳소. 절망이라는 단어를 사용한 것도 아주 정확합니다. 그렇소. 난 절망에 도달했소. 하지만 내 책에 쓰인 것 외에 다른 해결책은 없소. 그 누구도 그 외의 방안을 제시할 수 없기 때문이오. 그래서 여러분들이 제 초대에 응해서 열흘 정도 저와 함께 지내기를 제안하오. 만약 회원 여러분들이 제 이야기를 듣고 싶지 않다면 당장에 헤어집시다. 내 책을 거부하고 다른 출구를 찾는 건 불가능하기 때문이오."

좌중이 술렁거렸다. 그중에는 "혹시 미친 거 아냐?" 하는 소리도 들렸다. 모두들 한마디씩 중구난방일 때 절름발이 교사가 나섰다. 발언 내내 냉소적인 미소를 짓고 있었기에 그의 말이 진담인지 농담인지 분간하기 어려웠다.

"제가 한마디 하겠습니다. 나는 그가 쓴 책의 내용을 잘 알고 있습니다. 그는 최종 결론으로서 인류를 서로 평등하지 않은 두 부류로 나누기를 제안하고 있습니다. 그중 10분의 1이 무한한 자유를 누리면서 나머지 10분의 9에 대해 무한한 힘을 행사합니다. 10분의 9의 인류는 모든 인격을 상실하고 말하자면 양떼처럼 됩니다. 그리고 그 무한한 복종을 통해 마치 에덴동산에 사는 것처럼 원초적 순수성을 지닌 존재로 재탄생합니다. 그의 주장은 자연의 법칙에 입각해 있으며 대단히 논리적입니다. 물론 동의할 수 없는 부분도 있지만 작가의 지성과 지식을 의심하기는 어렵습니다. 열흘이라는 시간이 주어질 수 없다는 게 안타까울 뿐입니다. 그럴 수만 있다면 그의 책이 얼마나 흥미로운지 모두 알 수 있을 텐데 말입니다."

그의 말이 끝나자 비르긴스키 부인이 다소 불안한 기색으로 물었다.

"지금 진심으로 하는 이야기인가요? 사람이란 건 어떻게 해볼 도리가 없는 존재이니 10분의 9를 노예로 만들어야 한다는 말이? 어쩐지 오빠 하는 일이 오래전부터 좀 의심스럽더라니⋯⋯."

"아니, 귀족들을 위해서 노동을 하고 마치 그들이 신인 것처럼 그들에게 복종한다고요? 그건 비열한 짓이에요!" 여대생이 잔뜩 화가 나서 말했다.

"나는 비열한 제안을 하고 있는 게 아닙니다. 낙원을 제안하는 겁니다. 지상의 낙원⋯⋯ 이 지상에 그 외에 다른 낙원이란 존재할 수 없습니다." 쉬갈료프가 권위적으로 말했다. 그러자 이번에는 음악가 럄신이 나섰다.

"나라면 이렇게 하겠습니다. 만일 인류의 10분의 9가 도저히 어떻게 할 수 없는 존재라면 그들에게 낙원을 만들어주는 대신 한데 묶어 공중에서 폭파시켜버릴 겁니다. 그리고 과학적 원리에 따라 행복하게 지낼 수 있는 소수의 교육받은 사람만 남겨놓는 겁니다."

"광대니까 그따위 소리나 하고 있지!" 여대생이 발끈해서 소리쳤다. 그러자 쉬갈료프가 여대생에게 제지의 손짓을 보낸 후 럄신을 향해 말했다.

"그게 가장 최선의 해결책인지도 모르지요. 이 유쾌한 양반,

당신은 당신이 얼마나 심오한 이야기를 했는지 당신도 모를 거요. 하지만 당신의 생각을 실행할 방법이 없으니, 할 수 없이 이른바 지상의 낙원을 그들에게 제공하는 겁니다."

"완전히 잠꼬대 같은 헛소리로군!" 이제까지 얌전히 있던 표트르의 입에서 불쑥 나온 소리였다.

이어서 절름발이 교사가 나서서 미래 사회조직에 대한 논의는 꼭 필요하다며 그에게 반박했고, 소령과 리푸틴이 나서서 갑론을박했다. 그러자 표트르가 말했다.

"하지만 나는 이곳에 그런 논의를 하기 위해서 온 게 아닙니다. 여러분들 모두 그러나, 그러나, 하면서 나서는군요. 하지만 문제는 '그러나'에 있지 않습니다. 자, 모든 문제는 그만 제쳐두고 여러분들께 묻겠습니다. 자, 여러분은 어느 길을 택하겠습니까? 하나는 아주 느린 길입니다. 사회주의를 주장하는 소설을 쓰거나 앞으로 수천 년 후의 인간의 운명을 정리하는 학문적 연구를 하는 일입니다. 그사이 당신들 입 속으로 들어가야 하는 고깃덩어리를 독재자가 꿀꺽 삼켜버릴 테지요. 여러분, 그 길을 택하겠습니까? 아니면 마침내 여러분들의 묶인 손을 당장에 풀어주고 인류로 하여금 자유와 행동을 통해 스스로 사회조직을 만들어가게 할 수 있는, 종이 위의 놀음이 아닌 실제적인 행동을 택하겠습니까? 불치병을 앓고 있는 환자에게 아무리 좋은 처방전을 써주어도 그 환자는 치유되지 않습니다. 시간만 질질 끌다보면 병이 악화될 것이고, 점점 더 썩어가면서 우리들을 오염시키고 모든 싱싱한 힘들을 못쓰게 만들어버릴 것입니다. 결국 우리는 모두 도탄에 빠지게 되겠지요. 자유롭게 이야기를 나누고 미사여구를 늘어놓는 것은 아주 유쾌한 일입니다. 하지만 행동에는 어느 정도 어려움이 따릅니다. 자, 여러분께 묻겠습니다. 달팽이처럼 느릿느릿 늪을 건너가겠습니까, 아니면 전속력으로 늪을 건너뛰겠습니까?"

고등학생, 람신, 장교들이 즉각 전속력을 찬성했고, 장교도 마지못해 머뭇거리며 전속력을 택하겠다고 말했다. 이어서 거의 모두들 뭐라고 중얼중얼했는데, 전속력 쪽을 찬성하는 것 같았다. 그러자 표트르가 절름발이 교사를 향해 말했다.

"제가 보기엔 당신도 반대하지는 않는 것 같은데요."

"뭐, 꼭 그렇다기보다는……. 다만 내가 찬성하는 건, 분위기를 망치지 않기 위해서……."

"자, 보십시오. 여러분은 모두 이런 분들입니다. 웅변 솜씨를 자랑하기 위해 6개월 이상 토론할 준비가 되어 있다가도 결국은 모두들 한곳에 표를 던지게 되어 있는 것입니다. 하지만 여러분, 잘 생각해보십시오. 여러분은 정말 모두 준비가 되어 있습니까?"

무엇이 준비되어 있단 말인가? 모호한 질문이었지만 매혹적인 질문이기도 했다.

거의 모두들 흥분해서 이구동성으로 "준비됐습니다!"라고 외쳤다. 하지만 절름발이 교사가 이의를 제기했다.

"죄송하지만, 이런 질문에 대한 대답을 하려면 전제 조건이 있어야 하지 않을까요? 우리가 결정을 내렸다 하더라도 질문이 좀 이상한 방법으로 제기되었다는 건……."

"뭐가 이상하다는 거지요?"

"우선 당신은 어떤 자격과 권위로 그런 질문을 우리에게 던지는 건가요? 순전히 개인적인 질문 같아서……."

"무슨 소리를 하는 겁니까?"

"그 어떤 단체에 가입하는 건, 이렇게 공개적으로 스무 명 가까이 모인 자리에서 이루어지는 게 아니라, 머리와 머리를 맞대고 은밀히 이루어져야 하는 게 아니냐, 이겁니다!" 절름발이는 다소 흥분해 있었다.

"아니, 너무 멀리 가시는군요. 나는 아직 누구도 가입시키지 않았고, 여러분 중 누구도 내가 여러분을 주도하고 있다고 말할 수 없습니다. 우리는 단지 서로의 의견을 교환하고 있을 뿐입니다. 여러분, 그렇지 않습니까? 어쨌든 좋은 경고를 해주셨군요. 나는 우리가 이런 결백한 문제에 대해 은밀하게 머리를 맞대고 말하지 않는다고 해서 불안해할 필요는 없다고 생각합니다. 혹시 밀고자를 두려워하시나요? 지금 우리 사이에 밀고자가 숨어 있을 수 있다는 겁니까?"

밀고자라는 말에 모두들 웅성거리기 시작했다. 그러자 표트르가 두 손을 들어 진정시킨 후 다시 말했다.

"자, 마지막으로 여러분께 한 가지 질문을 드리겠습니다."

"무슨 질문이오?" 모두들 다시 웅성거리기 시작했다.

"간단합니다. 만일 우리들 중 누군가가 계획된 정치적 살인에 대해 미리 알고 있다면, 그 결과도 예상하고 있다면 밀고를 하겠습니까, 아니면 집에 가만히 있으면서 그 사건이 일어나기를 기다리겠습니까? 분명히 대답해주십시오."

표트르는 절름발이를 향해 몸을 돌리면서 말했다.

"자, 제일 먼저 당신부터 대답해주시지요."

"아니, 왜 내가 제일 먼저 대답해야 한다는 거요?" 절름발이가 모욕감을 느낀 듯 얼굴을 일그러뜨리며 물었다.

"당신이 이 문제를 제일 먼저 제기한 셈이니까요."

"아니, 내가 비밀경찰 끄나풀은 아니냐고 묻는 거요? 당연히 하지 않을 거요!"

그러자 모두들 밀고하지 않겠다고 이구동성으로 외쳤다.

바로 그때였다. 여대생이 소리쳤다.

"아니, 이 양반은 왜 일어서는 거지?"

"아, 샤토프 씨네. 당신 왜 일어서는 거예요?" 여주인이 샤토프에게 물었다.

정말로 샤토프는 모자를 손에 들고 일어나 있었다. 그는 표트르를 바라보았다. 분명 그에게 무언가 할 말이 있지만 주저하고 있는 것 같았다. 얼굴은 고통스럽게 일그러져 있었지만 자제하고 있음이 분명했다. 그는 한마디 말도 없이 문을 향해 천천히 걸어갔다.

"샤토프, 이래봤자 당신에게 이로울 건 없을 텐데……." 표트르가 그의 등에 대고 수수께끼 같은 말을 던졌다.

"너한테는 이롭겠지. 이 스파이에 비열하기 짝이 없는 놈아!" 샤토프가 문가에서 표트르를 향해 외치더니 밖으로 나갔다.

다시 번지는 외침과 감탄사 들. 사람들이 웅성웅성하는 가운데 니콜라이 스타브로긴도 자리에서 일어났고 키릴로프도 일어났다. 니콜라이가 밖으로 나갔고 키릴로프도 그 뒤를 따랐다.

그러자 표트르가 그 뒤를 따라 뛰어나갔다.

"아니, 뭐 하는 겁니까?" 표트르는 니콜라이의 손을 꽉 잡고 중얼거렸다. 니콜라이는 한마디 말도 없이 잡힌 손을 빼냈다.

"곧바로 키릴로프의 집으로 가세요. 내가 그리로 가겠어요. 정말, 당신을 꼭 볼 필요가 있어요."

"나는 그럴 필요가 없는데." 니콜라이가 딱 잘라 말했다.

"스타브로긴 씨는 내 집에 갈 거요." 키릴로프의 말이었다. "스티브로긴 씨, 당신도 그럴 필요가 있습니다. 내가 그를 거기서 만나게 해주겠소."

그들은 밖으로 나갔다.

제8장 이반 왕자

그들이 가버리자 표트르는 혼란을 수습하기 위해 다시 '모임'으로 돌아가려 했다. 하지만 별로 걱정할 만한 일은 없으리라는 생각에 먼저 떠난 두 사람 뒤를 따라 달려갔다. 그는 무릎까지 진흙탕에 빠지면서 샛길을 달려가 그들과 거의 동시에 키릴로프의 집에 도착할 수 있었다. 그들은 함께 집 안으로 들어섰다.

집 안에 들어서자마자 표트르가 호주머니에서 익명의 편지를 꺼내 니콜라이에게 내밀었다. 그가 좀 전에 렘브케에게서 가져온 편지였다. 니콜라이는 말없이 편지를 읽었다.

"그래서?"

"그 악당 놈은 거기 쓰인 대로 할 겁니다. 그놈은 당신 시키는 대로 하는 놈이니, 어떻게 해야 할지 말해줘요. 놈은 내일 지사에게 갈 겁니다."

"가게 내버려둬요."

"아니, 내버려두다니요! 놈을 막을 수 있는데도!"

"당신 잘못 생각하고 있군. 놈을 좌지우지할 수 있는 건 내가 아니야. 게다가 나는 아무 상관도 없는 일이야. 그가 협박하고 있는 건 당신이지 내가 아니잖아."

"당신도……."

"난 그렇게 생각하지 않는데."

"말장난 그만하지요. 돈이 아까운 건 아니겠지요?"

"아니, 돈이 드는 일이란 말이오?"

"물론이지요. 2,000루블이나 최소한 1,500루블은 필요합니다. 그 돈을 내일, 아니 지금 당장이라도 제게 줘요. 놈을 페테르부르크로 쫓아버릴 테니. 놈이 원하는 건 바로 그거예요. 당신이 원한다면 마리야도 데려갈 수 있을 겁니다."

"아니, 당신이야말로 영지 값으로 받은 돈이 있지 않소? 내가 왜 다른 사람을 위해 내 돈을 쓰지?"

그 말과 함께 니콜라이는 자리에서 일어나더니 밖으로 나가려고 문으로 향했다. 표트르도 황급히 일어나 문을 막고 섰다.

니콜라이는 그를 밀치고 나가려다가 갑자기 동작을 멈추고 그에게 말했다.

"나는 샤토프를 당신 손에 넘기지 않을 거야." 표트르는 몸을 부르르 떨었다. 두 사람은 서로를 노려보았다.

니콜라이가 눈을 빛내며 표트르에게 말했다.

"당신은 샤토프의 피를 필요로 하고 있어. 그걸로 당신 무리들을 뭉치게 만들려는 거지. 방금 전에 샤토프를 아주 멋지게 쫓아내더군. 당신은 그가 밀고하지 않겠다고 말하지 않으리라는 걸 잘 알고 있었어. 그런 입에 발린 말을 할 만큼 비열한 사람이 아니라는 걸 잘 알고 있었던 거지. 어쨌든 당신이 내게서 원하는 게 도대체 뭐지? 대체 뭘 원하는 거야? 외국에 있을 때부터 지금까지 날 가만히 내버려두지 않고 왜 이렇게 달라붙어 있는 거야? 당신이 이제까지 내게 했던 설명들은 모두 헛소리야. 그러더니 이제는 나보고 레뱌드킨에게 1,500루블을 주라고 주장하고 있어. 페디카에게 그를 죽일 기회를 제공하라는 거 아니야? 당신은 내가 내 아내도 죽이길 원한다고 생각하고 있지? 그 범죄를 빌미로 내 손발을 꽁꽁 묶어두고 내게 힘을 행사하려고? 아니, 그래서 당신에게 뭐가 돌아간다는 거야? 도대체 내게서 원하는 게 뭐냐고? 자, 나를 잘 봐요. 내가 당신의 사람 같소? 자, 제발 날 내버려둬."

"페디카가 당신에게 왔었나요?" 표트르가 숨이 막히는 듯 말했다.

"그래, 왔었지. 그놈이 부른 가격도 1,500루블이던데…… 아, 지금 직접 확인해볼 수 있겠군, 저기 그가 서 있으니 말이야." 니콜라이는 손을 뻗었다.

표트르는 급히 몸을 돌렸다. 페디카가 고른 하얀 이를 드러낸 채 웃고 서 있었다. 그는 영문을 모르겠다는 표정으로 방 안을 살피고 있었다. 그는 어찌 된 일이냐고 묻는 듯 자신을 이곳에 불러온 키릴로프를 쳐다보았다. 페디카는 문지방에 서 있었지만 안으로 들어오려 하지 않았다.

"우리들의 협상 이야기를 저자에게 듣게 하려고 미리 대기시킨 거로군. 그렇지 않소?" 니콜라이는 키릴로프에게 물은 후 대답도 기다리지 않고 밖으로 나가버렸다. 표트르는 거의 미친 듯 그를 쫓아가 따라잡았다. 그는 니콜라이의 팔을 잡으며 "멈춰요. 한 발자국도 떼지 말아요!"라고 외쳤다. 니콜라이는 뿌리치려 했지만 팔을 빼내지 못했다. 화가 치솟은 그는 왼손으로 표트르의 머리칼을 움켜쥐고 그를 땅바닥에 내동댕이친 후 문밖으로 나갔다. 그러나 몇 걸음도 가지 않아 뒤따라온 표트르에게 따라잡혔다.

"우리 화해해요." 표트르는 떨리는 목소리로 속삭였다. 니콜라이 스타브로긴은 뒤도 돌아보지 않았고 걸음을 멈추지도 않았다.

"들어봐요. 리자베타를 내일 당신에게 데려다주겠어요. 싫어요? 왜 대답을 않는 거예요? 원하는 게 뭔지 말해봐요. 다 들어줄게요. 자, 샤토프도 넘겨주겠어요. 어때요?"

"그렇다면 샤토프를 죽이려던 게 사실이로군."

"아니, 왜 샤토프가 당신에게 필요한 거지요?" 표트르는 니콜라이와 앞서거니 뒤서거니 하면서 거의 광란에 가깝게 소리쳤다. "좋아요! 그를 넘겨줄게요. 우리 제발 화해해요. 너무 비싼 값을 치르는 거지만…… 하지만, 우리 화해해요."

걸음을 잠시 멈추고 표트르의 얼굴을 바라본 니콜라이는 깜짝 놀라고 말았다. 늘 익숙하던 표트르의 표정과 목소리가 아니었던 것이다. 그가 지금 보고 있는 얼굴은 완전히 다른 얼굴이었다. 목소리 억양도 달랐다. 표트르 베르호벤스키는 애원하고 또 애원하고 있었다. 자신이 가장 소중하게 여기고 있던 그 무언가를 지금 빼앗길 판이거나 이미 빼앗긴 충격에서 벗어나지 못하는 사람의 몰골이었다.

"아니, 대체 왜 이러는 거요?" 니콜라이가 소리를 질렀다.

"화해하자니까요." 표트르가 여전히 애원하는, 그러나 한결 단호한 눈빛으로 그를 바라보며 말했다. "나도 페디카처럼 내 신발 속에 칼을 감추고 있지만, 당신과는 화해하겠어요."

"아니, 대체 내게 원하는 게 뭐요, 젠장!" 니콜라이가 드디어 화를 냈다. "아니, 무슨 비밀이라도 있는 거요? 내가 당신의 부적이라도 된다는 거요?"

"들어봐요. 우리는 혼란을 불러일으킬 겁니다." 표트르는 빠르게, 그러나 거의 잠꼬대처럼 말했다. "당신은 우리가 그럴 수 있다는 걸 믿지 않지요? 우리는 모든 것을 그 근본부터 뒤집어 버릴 겁니다. 러시아에 이런 그룹이 열 개만 있으면 나는 안전해요."

"이렇게 멍청한 그룹들?"

"아니 그들이 왜 멍청하다는 겁니까? 그들은 그렇게 바보가 아니에요. 요즘 누구나 남들 생각을 따라하기 바쁘지요. 자기만의 생각을 가진 사람은 끔찍할 정도로 적단 말입니다. 그런데 비르긴스키는 정말 순수한 사람입니다. 우리 같은 사람보다 열 배는 순수하지요. 리푸틴은 협잡꾼이지만 내 손아귀에 넣을 수 있어요. 약점 없는 협잡꾼은 없으니까요. 람신에게는 약점이 거의 없지만 내 손아귀에서 벗어날 수 없지요. 이런 친구들 열 명만 있으면 나는 얼마든지 돈과 여권을 구할 수 있어요. 확실히 안전하단 말입니다."

"그렇다면 쉬갈료프에게 매달리고 나는 좀 놔주시지."

"쉬갈료프는 천재예요! 나는 그를 따를 겁니다. 그는 평등을 생각해냈어요. 그가 쓴 원고는 아주 훌륭해요. 그는 스파이 시스템을 암시하고 있어요. 모든 회원들이 서로를 감시하고 서로를 밀고할 의무를 떠맡는 거지요. 모든 노예들이 그 노예 제도 안에서 평등한 겁니다. 첫 번째 과제는 그들의 교육과 학문과 재능의 수준을 낮추는 겁니다. 우리의 과업 안에서 고도의 능력은 소용이 없고 오히려 장애가 될 뿐입니다. 노예들에겐 평등이 있습니다. 양 떼들이 평등한 거나 마찬가지죠. 어때요? 근사하지 않습니까? 하하하!"

'이자는 완전히 미쳤군, 아니면 잔뜩 술에 취했거나……. 그런데 언제 그렇게 많은 술을 마셨지?' 니콜라이는 속으로 생각했다.

그러거나 말거나 표트르는 계속 말을 이었다.

"산을 깎아 평평하게 만든다! 정말 멋진 생각입니다! 교육과 학문? 그런 건 이제 됐어요. 지금만으로도 수천 년 써먹을 만큼 충분해요. 이 세상에 단 한 가지 부족한 게 뭔지 아십니까? 복종, 바로 그것입니다. 무엇보다 복종하게 만들어야 합니다. 교육? 그건 귀족적인 욕망일 뿐입니다. 가족이나 사랑? 그건 사유화의 욕망을 보여줄 뿐이지요. 우리는 그런 소망들을 죽이고, 음주, 중상모략, 스파이를 조장하고 부패를 만연시킬 것이며 모든 천재들을 요람 속에서 숨이 막혀버리게 만들 거예요. 하지만 노예들에게는 지도자가 필요해요. 바로 당신이!"

"미쳤군! 어서 저리 가지 못해, 이 술주정뱅이!"

"스타브로긴! 당신은 아름다워요." 표트르는 거의 황홀경에 빠져서 소리쳤다. "아시겠어요? 당신은 아름답다고요! 내가 얼마나 당신을 살펴왔는지 알아요? 난 미를 좋아해요. 난 니힐리스트지만 미를 좋아해요! 허무주의자들은 우상을 싫어하지만 나는 우상이 좋아요. 당신은 나의 우상이에요! 나에겐 당신 같은 사람이 필요해요! 당신은 지도자이고 태양이고 나는 당신의 버러지예요!"

표트르는 갑자기 니콜라이의 손에 입을 맞추었다. 니콜라이는 등골이 오싹해서 얼른 손을 빼내며 중얼거렸다.

"이런, 미친놈!"

"들어봐요! 난 이미 첫걸음을 뗐어요. 쉬갈료프 같은 사람은 절대로 한 발도 내딛지 못해요. 우린 혼란을 일으킬 거고, 민중 속으로 침투할 거예요. 당신은 우리가 벌써 얼마나 힘이 강한지 모르지요? 나는 그저 살인을 저지르거나 방화를 하고, 총이나 쏘는 낡은 방식은 쓰지 않아요. 나는 규율 없이는 아무것도 허용하지 않아요. 나는 물론 협잡꾼이지만 사회주의자는 아니거든요. 하하, 들어봐요. 나는 이미 그들을 다 파악했어요. 어린애처럼 신과 요람을 비웃는 그 교사는 이미 우리 편이에요. 돈 때문에 자신보다 무식한 사람을 살해한 지식인 범죄자를 변호하는 변호사도 우리 편이죠. 사람들의 관심을 불러 모으려고 농부를 살해한 초등학교 학생들도 우리 편입니다. 범죄자들을 옹호하는 배심원들은 무조건 우리 편이에요. 자신이 진보적이 아닐까봐 겁을 내는 검사들은 모두 우리 편이에요. 관료들, 문인들 중에도 정말, 너무너무 많아요. 다만 그들 자신은 자신들이 우리 편이라는 걸 모르고 있을 뿐이지요. 게다가 어린 학생들과 바보들은 절대적으로 우리에게 복종해요. 선생들은 그저 씁쓸해하고만 있을 뿐이고……. 도처에서 무지막지한 허영심이 터져 나오고 있어요……. 야만적이고 괴물 같은 식욕들이……. 아시겠어요? 아주 별것 아닌 작은 이념 하나로도 얼마나 많은 것을 거머쥘 수 있다는 걸 아시겠냐고요? 내가 이 나라를 떠날 때만 해도 범죄는 광기로 여겨졌는데 돌아와보니 더 이상 그렇지 않더군요. 범죄는 불건전한 게 아니라 상식이 되었고 일종의 의무가 되었어요. '교양 있는 사람이 돈이 필요하다면 어찌 살인을 저지르지 않을 수 있겠는가?' 뭐, 이런 식이지요. 하지만 이런 건 첫 번째 열매에 지나지 않아요. 러시아의 신은 이미 싸구려 보드카에 추방당했죠. 농부들도 취하고 어머니도 취하고 아이들도 취하고 교회는 텅 비어버렸으며 재판정에서는 '200대의 곤장, 아니면 우리에게 술통을 끌고 와라!'라는 식이에요. 오, 이 세대들이 성장하기만 하면 돼요. 아, 기다릴 수 없다는 게 아쉬울 뿐이에요. 그러면 그들을 더 흠뻑 취하게 만들어줄 텐데! 아, 프롤레타리아가 없는 게 얼마나 애석한지! 하지만 생길 거예요! 분명히 생길 거예요! 우리는 그 길로 가고 있어요!"

"우리가 훨씬 더 멍청해졌다는 것도 애석한 일이로군!" 니콜라이가 발걸음을 계속 옮기면서 중얼거렸다.

"아니, 그런 말씀 말아요. 지금이 기회입니다. 우리에게는 전대미문의 방탕과 타락이 필요해요. 인간이 비겁하고 이기적이며 잔인한 파충류로 변하는 순간이! 거기다 약간의 '신선한 피한 방울'만 더하게 되면 그 모든 것에 익숙해질 겁니다. 오, 웃으시는군요. 나는 쉬갈료프처럼 모순되는 이야기를 하는 게 아니에요. 나는 협잡꾼이지 사회주의자는 아니거든요, 하하!"

니콜라이가 다시 입을 열었다.

"좋아, 표트르 베르호벤스키! 당신 이야기를 이렇게 경청하는 건 처음이로군. 놀라워. 그렇다면 당신은 사회주의자가 아니라 무슨…… 정치적…… 야심을 가진 사람이로군."

"아니, 협잡꾼, 협잡꾼이라니까요! 내가 어떤 놈인지 궁금해하는군요. 내가 어떤 놈인지, 내가 뭘 원하는지 단도직입적으로 말해주지요. 내가 당신 손에 입을 맞춘 건 공연히 한 짓이 아니었어요. 우리에게는 우리가 우리의 미래를 비롯해 모든 것을 알고 있다는 확신을 민중에게 심어줄 수 있는 리더가 필요합니다. 우리는…… 우리는…… 전설을 퍼뜨릴 거예요. 어떤 총탄을 향해서라도 달려 나갈 사냥꾼들을 모으기 위해……. 그리고 모든 것을 뒤집고……. 이 세상에 전대미문의 동요가 시작될 겁니다. 러시아는 어둠에 휩싸이고 대지는 옛 신들을 부르며 통곡하고……. 그렇게 되면 우리는 앞에 내세우는 겁니다……. 누구인가를."

"그게 누구라는 거요?"

"이반 왕자입니다."

"누구?"

"이반 왕자라니까! 바로 당신! 고난을 견디고 성공을 거둔 우리의 이반 왕자! 우리는 그를 숨겨두고 멋진 전설을 퍼뜨릴 겁니다. 사회주의가 뭔가요? 낡은 것이 파괴되었는데 새로운 힘들이 아직 오지 않았다는 뜻 아닙니까? 우리에게는 힘이 있어요. 지상에 아직 존재한 적이 없었던 그런 막강한 힘! 모든 것이 다 들고일어날 겁니다!"

"아니, 당신 정말로 진지하게 나를 생각하고 있었다는 거요?" 니콜라이가 심술궂은 웃음을 띠고 말했다.

"아니, 왜 웃는 겁니까? 그것도 그렇게 악의에 찬 웃음을……. 나를 놀라게 하지 말아요. 나는 어린아이와 같아요. 당신의 그런 웃음으로도 나를 놀라게 해서 죽일 수 있어요. 어쨌든 당신을 민중에게서 숨길 겁니다. 당신은 전설이 되는 거예요. 당신은 새로운 진리를 가져올 숨겨진 인물이 되는 겁니다. 당신 덕분에 모두들 들고일어나 모든 것을 파괴할 것이고 우리는 새로운 건설을 시작하는 겁니다."

"미쳐도 단단히 미쳤군."

그들은 어느새 니콜라이의 집 앞에 이르렀다. 그러나 표트르는 입을 닫지 않았다.

"들어보세요. 돈을 안 주더라도 당신을 위해 그 일을 하겠어요. 내일, 마리야를 정리할 거고……. 당신에게 리자를 데려다주겠어요. 당신, 리자를 원하지요?"

'이자, 이거 정말로 미친 거 아니야?' 니콜라이는 미소를 지으며 속으로 생각했다. 현관문이 열렸다. 니콜라이는 계단을 올라갔다. 그의 등 뒤에 대고 표트르가 외쳤다.

"스타브로긴! 당신에게 하루…… 아니, 이틀…… 아니, 사흘을 주겠어요! 그 이상은 줄 수 없어! 그때는 대답을 해야 해요!"

제9장 두 가지 사건

1

그러는 사이 우리 도시에서는 사람들을 놀라게 한 두 가지 사건이 벌어졌다. 그중 하나는 나와 스테판 트로피모비치를 특히 놀라게 한 사건이었다. 그의 집이 압수수색을 당한 것이다. 나는 성실한 연대기 작가로서 그 사건을 당했을 때의 스테판의 반응에 대해 상술할 의무가 있는지도 모른다. 하지만 그의 반응은 독자 여러분들도 능히 짐작할 수 있을 것이기에 간략히 보고하는 것으로 대신하겠다.

아침 8시에 스테판 집의 하녀 나스타시야가 내게로 달려왔다. 주인집에 군인들이 들이닥쳐 서류와 온갖 물건 들을 수레에 신고 갔다는 것이었다. 나는 그녀와 함께 허겁지겁 스테판의 집으로 달려갔다.

당연한 일이지만 스테판은 몹시 흥분해 있었다. 그는 자신의 경력은 이제 끝장났다고 내게 외쳤다. 그의 횡설수설을 통해 알게 된 바로는 그날 아침 7시에 로젠탈 블륨이 다녀갔고, 이후 군인들이 들이닥쳤다는 것이다. 앞서 보았듯이 블륨은 스테판을 모든 불온한 사상의 온상으로 여기고 그의 집을 압수수색한 것이었다. 스테판은 놈들이 불온 전단을 두 장 가져갔다며 사색이 다 되어 있었다.

"아니, 전단이라니? 그렇다면 당신이?" 나는 바보같이 그에게 물었다.

"아니, 나를 그놈들과 한 패로 본단 말이야?" 그가 유창한 프랑스어로 말했다. "아니, 그런 종잇조각들을 함부로 내 집에 던져 넣는 놈들하고? 그런 비열한 사상에 잔뜩 물든 놈들하고?"

사실은 그의 집에 열 장의 유인물을 누군가 던져 넣었고, 미처 처분하지 못한 두 장을 그들이 가져간 것이었다. 그 외에 그의 집에 있던 책과 서류들을 한 수레나 끌고 갔다. 그가 무엇보다 겁을 낸 것은 끌려가 두들겨 맞을까 해서였다.

그는 심지어 내 앞에서 흐느껴 울기도 했다. 그는 거의 경련을 일으키며 5분 이상 흐느꼈다. 그 모습을 보며 나는 고통을 참을 수 없었다. 그래 이 사람이 20년 동안 우리의 예언자였으며 선지자였고 족장이었단 말인가! 우리가 늘 존경심에 고개를 숙였던 자유주의의 기수였단 말인가! 그런 그가 마치 선생이 회초리를 가지러 나간 사이 닥쳐올 매질이 두려워 벌벌 떨면서 울고 있는 어린아이 꼴을 보이다니!

잠시 후 그는 울음을 그치고 내게 말했다.

"난 더 이상 참을 수 없어……! 절대로! 암, 절대로! 내가 직접 가야겠어!"

"어디로요?" 내가 물었다.

"물론 렘브케에게 가는 거지. 이건 의무야. 난 쓸모없는 나무토막이 아니라 시민이고 인간이니까! 난 권리가 있어. 감히 이런 식으로 나를 괴롭히다니! 차라리 나를 체포하든가!"

나는 그와 함께 가겠다고 말했고, 그는 당연하다는 듯 받아들였다.

우리는 함께 렘브케의 관저로 향했다. 하지만 가는 도중에 스테판을 더욱 놀라게 할 사건이 기다리고 있었으니…….

2

우리가 현 지사의 집에 도착했을 때 쉬피굴린 공장의 노동자 70여 명이 저택 앞 광장에 운집해 있었다. 내가 들은 바에 의하면 그들은 출타 중인 지사가 돌아오기를 30분간 기다리고 있었다. 경찰이 해산을 명했지만 그들은 지사 나리를 보기 전까지는 절대로 물러서지 않겠다며 버티고 있었다. 지사의 집에는 렘브케뿐 아니라 그의 아내 율리야도 없었다. 사실을 말하자면 전날 저녁 부부는 생전 처음으로 부부 싸움을 크게 했다. 독자 여러분도 짐작하겠지만 순전히 자기 아내와 표트르 간에 무슨 관계가 있을 것이라는 렘브케의 질투 때문에 벌어진 싸움이었다. 렘브케는 아침에 눈을 뜨자마자 아침 식사도 들지 않고, 블룸과 경찰서장과의 면담도 거절한 채 부리나케 아내에게 달려갔다. 그러나 부인은 이미 출타 중이었다. 그녀는 내일로 다가온 축제 장소를 둘러보기 위해 사람들과 함께 바르바라의 집을 향해 떠났다는 것이었다.

렘브케는 곧장 마차를 타고 바르바라 스타브로기나의 집이 있는 스크보레쉬니키로 떠났다. 그러나 나중에 마부가 한 말에 의하면 마차가 거의 바르바라의 저택에 도착했을 무렵 지사가 갑자기 말머리를 돌려 시내로 돌아가자고 명했다는 것이다. 하지만 나는 그 이유를 지금도 정확히 알지 못한다. 하긴 누군들 어찌 남의 마음속을 훤히 다 들여다볼 수 있을 것인가.

렘브케의 마차가 성벽 가까이 이르렀을 때 경찰 마차와 마주쳤다. 지사를 부르러 황급히 출발한 마차였다. 마차에서 풀쩍 뛰어내린 경관은 지사에게 확신에 찬 목소리로 "시내에 혼란이 일어났습니다"라고 보고했다.

"뭐야?"

"각하, 저는 경찰 총감 필리부스티에르('해적'이라는 뜻의 프랑스어)입니다. 시내에 폭동이 일어났습니다. 쉬피굴린 공장 노동자들이 폭동을 일으켰습니다."

"쉬피굴린 노동자들이라……."

그는 마부에게 서둘러 마차를 몰라고 명령했고 경찰이 뒤를 따랐다.

이윽고 노동자들이 모여 있는 저택 앞에 다다르자, 렘브케는 평상시에는 전혀 보이지 않았던 예기치 않은 모습을 연출했다. 분명, 어젯밤 아내와 그 사이에 있었던, 그 역시 이전에는 전혀 상상조차 할 수 없었던 부부 싸움 때문에 심란해 있었기에 벌어진 일이었다.

램브케는 그들을 보자마자 그 누구도 심지어 그 자신도 예기치 못한 고함을 그들에게 내질렀다. 아마 경찰 총감의 이름에서 영감을 얻었는지도 모른다.

"이 해적들! 모두 모자를 벗고 무릎을 꿇어!"

그는 어찌해야 할 바를 모른 채, 하지만 뭔가 곧장 하기는 해야 한다는 것을 온몸으로 알고 느끼면서 서 있었다.

"각하!" 군중 속에서 목소리가 들렸다. 한 청년이 성호를 그었고 심지어 무릎을 꿇으려는 사람들도 있었다. 하지만 대부분의 군중은 앞으로 나서며 한 목소리로 외쳤다.

"각하…… 우리에게 40을 주기로 했는데…… 감독관이…… 찍소리도 말라고……." 그는 계속 뭔가 말했지만 도무지 알아들을 수가 없었다.

더욱이 정신이 멍해 있는 램브케의 귀에는 아무 말도 들어오지 않았다. 오, 그런데 이게 무슨 일인가! 그를 향해 눈을 부릅뜨고 있는 폭도 무리 가운데서 그는 표트르의 모습을 본 것 같았다. 그가 그토록 증오하는 표트르가, 어제 저녁 이후로 한시도 그의 뇌리에서 떠나지 않던 그 표트르 스테파노비치가 폭도들 사이에서 분주하게 돌아다니고 있었던 것이다.

"매질을 하라!" 그의 입에서는 더욱더 예기치 못하던 말이 튀어나오고 말았다. 이어서 죽음과도 같은 정적이 찾아왔다.

이게 내가 그날 아침에 목도한 일의 전부다. 그 뒤에 어떤 일이 벌어졌는지 나는 모른다. 내 곁에 있던 스테판이 무슨 이유에서인지 폭도들 사이로 뛰어들려 했고 나는 그를 간신히 말려서 즉시 지사의 집 안으로 데리고 들어갔던 것이다. 다만 이미 경찰서장의 머릿속에 들어 있던 생각이었는지 아니면 지사의 명령을 충실히 이행하기 위해서였는지, 군중을 향한 몽둥이찜질이 즉시 시행되었다는 것은 알려야겠다. 하지만 고작해야 두세 명이 몽둥이세례를 받았을 뿐이라는 사실도 덧붙인다.

3

우리가 안으로 들어가 10분가량 거실에 앉아 있었을 때였다. 렘브케가 경찰서장을 대동하고 안으로 들어섰다. 스테판은 얼른 일어나서 렘브케의 앞을 막아섰다.

"아니, 이 사람이 누구요?" 당혹한 지사는 서장에게 묻는 듯 말했지만 서장을 향해 고개를 돌리지는 않았고 계속 큰 키의 낯선 사나이를 훑어보았다.

"전에 대학에 있었던 스테판 트로피모비치 베르호벤스키입니다, 각하." 스테판은 점잖게 고개를 숙이고 대답했다. 각하는 그를 계속 바라보고 있었지만 아주 멍한 시선이었다.

그를 흔해빠진 청원인 정도로 생각한 렘브케는 "무슨 일로?" 라고 아주 간결하게 물었다.

"오늘 각하의 이름으로 행동한 한 관리에 의해 제 집이 수색을 당했습니다. 그래서 이렇게……."

"이름이, 당신 이름이 뭐라고 했소?" 렘브케는 뭔가 짚이는 게 있다는 듯 초조한 기색으로 다시 물었다. 스테판은 거드름을 피우며 자신의 이름을 다시 말했다.

"아하! 그 온상…… 그러니까 그런 식으로 이름이 알려진……. 당신 교수요? 정말 교수요?"

"전에 X대학에서 젊은이들에게 강의를 할 영광을 누렸습니다, 각하."

"아하, 젊은이들이라!" 갑자기 렘브케는 몸을 부르르 떨었다. 내 장담하지만 그는 그 순간 지금 자기 눈앞에서 무슨 일이 벌어지고 있는지, 심지어 자신이 누구와 이야기를 나누고 있는지 거의 잊고 있었다. 그는 갑자기 화가 나서 소리쳤다.

"그건, 선생, 절대로, 절대로 용납하지 않겠소! 난 젊은이들을 받아들일 수 없어! 온통 선언문들뿐! 선생, 사회에 대한 공격이고 해적질이란 말이오! 그래, 선생, 나에게 무슨 부탁을 하러 온 거요?"

"그 반대입니다. 부인께서 내일 축제에서 무언가 읽어달라고 제게 부탁하셨습니다. 나는 부탁을 하러 온 게 아니라 내 권리를……."

"축제에서? 축제는 없소! 당신들의 축제를 허락하지 않을 거야! 강의라고? 아니, 강의라니!" 렘브케는 발을 구르며 마구 소리쳤다. "아, 이제 알겠군. 당신 스타브로긴 장군 댁에서 가정교사로 있던 사람 아니오?"

"그렇습니다. 그러니까…… 선생 신분으로…… 스타브로긴 장군 부인 댁에서……."

"그래! 그러니까 20년 동안 이 모든 것의 온상으로…… 모든 열매들이……. 이봐요! 무서운 줄 알아야지! 내가 당신 사상은 훤히 다 알고 있단 말이야! 선생, 난 선생 강의를 허락할 수 없어! 그따위 청원을 들고 내게 오지 말란 말이야!"

"각하, 다시 말씀드리지만 잘못 알고 계십니다. 부인께서는 제게 내일 축제에서 강의를 부탁한 게 아니라 문학 낭독을 부탁하신 겁니다. 저는 그 부탁을 거절할 생각입니다. 저는 단지 오늘 왜 우리 집을 수색했는지 알고 싶을 뿐입니다. 책들과 서류들과 소중한 편지들을 수레에 신고 가져갔습니다."

"아니, 누가 수색을 했다는 거요?" 갑자기 렘브케가 놀라며 물었다. 이제야 정신이 들었던 것이다. 그의 얼굴이 갑자기 새빨개졌다. 그는 서장을 향해 몸을 돌렸다. 순간 블룸이 문 앞에 그 굼뜬 몸을 드러냈다.

스테판이 손가락으로 블룸을 가리키며 말했다.

"바로 저 사람입니다."

"정말 바보 같은 짓만 하고 있군!" 렘브케가 그에게 화를 내며 말했다. 갑자기 변신이라도 한 듯 그는 평소의 모습으로 돌아와 있었다.

"미안하오." 그는 극도로 당황한 듯 얼굴이 붉어진 채 더듬거렸다. "이건 모두…… 그냥 서툴다보니……. 그냥 오해…… 오해일 뿐이오."

"각하, 제가 젊었을 때 직접 본 광경을 말씀드리겠습니다." 스테판이 정색을 하고 말했다. "극장 복도에서 있었던 일입니다. 어떤 사람이 누구에겐가 달려가더니 사람들이 모두 보는 앞에서 다짜고짜 그 사람의 따귀를 때렸습니다. 사람을 잘못보고 때린 거지요. 자신의 실수를 알고 그 사람은 꼭 지금 각하처럼 말했습니다. '미안하오……. 실수한 거요……. 그저 오해, 오해일 뿐이오.' 하지만 따귀를 맞은 사람은 좀처럼 화를 풀지 못했습니다. 그러자 실수한 자가 신경질을 내면서 큰소리를 쳤습니다. '아니, 오해라고 하지 않소! 그런데 왜 그렇게 소리를 지르며 화를 내는 거요?'"

"그래요, 재미있는 비유요……." 렘브케가 일그러진 미소를 지으며 말했다. "하지만, 하지만 당신은 내가 지금 얼마나 불운한 상태에 빠져 있는지 모르겠다는 거요!"

그는 거의 고함을 질렀고…… 두 손으로 얼굴을 감쌌다. 이 예기치 못한 병적인 외침, 거의 흐느낌에 가까운 외침은 그의 마음속 쓰라림을 도저히 참아낼 수 없어 저절로 터져 나온 것이었다. 그 순간은 어제 이래, 자신에게 무슨 일이 일어났는가를 그가 처음으로 생생하게 의식하게 된 순간이기도 했다. 그리고 이어서 완벽한 절망, 굴욕적인 절망이 찾아왔다. 조금만 더 있었다면 그가 큰 소리로 흐느꼈을지도 모를 일이었다.

스테판은 처음에는 그를 아연한 눈길로 바라보았다. 그러더니 그는 갑자기 고개를 끄덕이며 아주 잘 알겠다는 듯 말했다.

"각하, 제 시시콜콜한 불평에 신경 쓰지 마십시오. 다만 책과 서류 들을 돌려주라고 명령만 내려주셨으면……."

하지만 그는 말을 맺지 못했다. 바로 그 순간 율리야가 일행을 대동하고 요란하게 들이닥쳤던 것이다.

4

율리야 일행은 모두 세 대의 마차에 나누어 타고 있었다. 그녀는 그녀의 내실로 직접 향하지 않고 현관을 통해 거실로 들어왔다. 실은 그곳에 스테판이 와 있다는 사실과 '해적들'의 시위 사실이 럄신을 통해 그녀에게 미리 전해졌기 때문이었다.

그녀의 마차에는 바르바라도 타고 있었다. 그녀는 내일 있을 축제 준비 회의를 위해 시내로 들어왔던 것이고, 럄신을 통해 스테판 소식을 듣고서 아마도 흥미를 느꼈거나 흥분해 있었는지도 모를 일이다.

렘브케에 대한 율리야의 보복은 즉각 실행되었다. 그녀는 매혹적인 미소를 띤 채 스테판에게 다가가더니 장갑을 낀 매력적인 손을 그에게 내밀며 더없이 다정하게 인사했다. 그녀는 마치 렘브케를 못 본 듯, 아니 아예 그가 홀 안에 없는 듯 그에게 시선 한번 주지 않았다. 그러고는 곧장 스테판을 그녀의 거실,

즉 살롱으로 데려갔다.

곧이어 살롱에는 사람들로 가득 차게 되었다. 그들 중에는 카르마지노프도 있었고 리자도 있었으며 언제나 율리야의 뒤를 수행원처럼 따르는 젊은 여자들, 방만한 젊은이들도 있었고 그 외에 새로운 인물들도 있었다.

나는 이 자리에서 카르마지노프와 스테판 사이에서 오간 독기 품은 대화들을 일일이 옮기지 않겠다. 다만 그들의 대화를 긴장된 눈빛으로 특히 경청한 사람이 있었다는 사실은 꼭 밝혀야겠다. 바로 바르바라였다. 단언하지만 만일 이 많은 사람들 앞에서 스테판이 실수라도 해서 카르마지노프에게 흠이라도 잡힌다면, 그녀는 당장에 벌떡 일어나 스테판의 뺨이라도 때릴 기세였다.

사람들이 이런저런 이야기를 나누고 있을 때였다. 니콜라이 스타브로긴이 들어왔다. 니콜라이는 스테판을 보고 말했다.

"어, 여기 계시네요? 잡혀갔다는 이야기를 들었는데……."

그러자 스테판이 유쾌한 목소리로 말했다.

"아니, 뭐 좀 특별한 경우였을 뿐이지."

"하지만 그 사건이 당신께 제가 부탁한 일에 영향을 미치지 않았으면 좋겠어요." 율리야가 그들의 말을 받으며 말했다. "우리 러시아의 최고 지성 중의 한 분을 모시는 영광을 제게 베풀어주시겠지요?"

"어휴, 너무 과도한 칭찬이라서 몸 둘 바를 모르겠습니다. 저같이 변변찮은 인간이 부인의 축제에 그토록 필요한 존재인지……."

그때였다. 표트르가 안으로 들어서면서 큰 소리로 말했다.

"아이고, 모두들 우리 영감 버르장머리를 다 버려놓고 계시네요. 겨우 영감을 손에 넣었는가 싶더니 경찰에게 수색을 당해 멱살을 잡히고……. 이제는 지사님 부인의 거실에서 부인들이 영감 비위를 맞추고 있다니……. 영감 뼈마디들이 황홀해서 울부짖을 정도로군요. 자신에게 이런 행운이 찾아올 줄 꿈도 꾸지 못했을 테니……. 아마 이다음에는 사회주의자들을 밀고 할 겁니다."

"그럴 리가요, 표트르! 사회주의 같은 위대한 사상을 스테판 트로피모비치가 인정하지 않을 리 없어요." 율리야가 힘주어 말했다.

"사상이야 위대할지 몰라도 그 사상의 전파자들이 언제나 위대한 건 아니지. 애야, 그런 이야기는 하지 말자." 스테판은 결론 내리듯 아들에게 말한 뒤 천천히 자리에서 일어났다.

그런데 바로 그 순간 예기치 못한 사태가 발생했다. 폰 렘브케도 오래전부터 살롱에 들어와 있었지만 아무도 그에게 주의를 기울이지 않았고 율리야는 계속 그를 무시해왔다. 그런데 스테판이 멋진 경구로 말을 마무리하는 순간, 렘브케가 갑자기 벌떡 일어나더니 사람들을 헤치고 스테판에게로 다가갔던 것이다.

"됐어요!" 그는 스테판의 손을 힘껏 움켜쥐더니 말했다. "됐습니다! 우리 시대의 해적들의 정체가 다 밝혀졌소! 더 이상 말 안 해도 됩니다. 조치를 취해놓았으니……."

그는 그 방에 있는 모든 사람들이 들을 수 있을 정도로 큰 소리로 말했다. 그의 말은 곧 대단한 효과를 불러일으켰다. 사람들은 모두 뭔가 잘못되어가고 있음을 느꼈다. 나는 율리야의 얼굴이 하얗게 질리는 것을 똑똑히 볼 수 있었다.

모든 조치가 취해졌다고 말한 후 렘브케는 과격하게 몸을 돌려 방에서 나갔다. 그러나 채 두 발자국도 떼지 않아 그는 양탄자에 발이 걸려 하마터면 바닥에 콧방아를 찧을 뻔했다. 그는 겨우 몸을 바로잡은 뒤 자신이 넘어질 뻔한 곳을 돌아보며 "저걸 바꿔!"라고 큰 소리로 말하고는 밖으로 나갔다. 율리야도 곧 뒤따라 나갔다. 이어서 요란한 소란이 인 것은 틀림없었지만 무슨 소리인지는 도저히 알아들을 수 없었다.

율리야 미하일로브나가 어떻게 했는지는 알 수 없지만 그녀는 정확히 5분 뒤에 돌아왔다. 그녀는 사람들을 달래며 별일 아니라고 말한 후 축제에 관한 회의를 하자고 제안했다. 그러자 축제 준비 위원회에 속하지 않은 사람들은 돌아갈 채비를 했다. 그런데 이 숙명적인 날의 기묘한 사건은 그것으로 끝난 것이 아니었다.

나는 니콜라이가 들어온 이후 리자가 그를 계속 주목하고 있다는 것을 진작부터 알고 있었다. 그녀의 뒤에는 언제나처럼 마브리키가 서 있었다. 그런데 율리야가 더 이상 시간 지체하지 말고 회의를 하자고 제안한 순간 리자의 카랑카랑한 목소리가 울렸다.

"니콜라이 프세볼로도비치 씨! 스스로를 당신의 친척이라고, 그러니까 당신 부인의 오빠라고 칭하는 레뱌드킨이라는 사람이 내게 점잖지 못한 편지를 보냈어요. 당신에 대한 불평을 털어놓으면서 당신에 관한 비밀을 알려주겠다고 썼더군요. 그 사람이 정말 당신 친척이 맞다면 더 이상 나를 괴롭히지 말라고 말해주세요. 저를 이런 불쾌한 일에서 벗어나게 해주세요."

아주 노골적인 비난이었다. 마치 두 눈을 질끈 감은 채 지붕에서 뛰어내리는 것과 같은 행동이었다.

"그래요. 나는 불행히도 그 남자와 연을 맺게 되었소. 나는 5년 전부터 그 사람 누이동생의 남편이었소. 가능한 한 빨리 당신의 말을 전하겠소. 그가 더 이상 당신을 괴롭히지 않게 해드리겠다고 약속하오."

나는 그 순간 바르바라의 얼굴에 떠오른 공포의 표정을 결코 잊을 수 없을 것이다. 그녀는 얼이 빠진 표정으로 자리에서 일어나더니 마치 자신에게 날아온 주먹질을 막듯 오른손을 얼굴까지 들어 올렸다. 니콜라이는 무심한 듯 어머니와 리자와 사람들을 둘러보더니 천천히 방에서 나갔다. 그러나 리자가 그 누구에게도 눈길 한번 주지 않은 채 조용히 밖으로 걸어 나갔다. 마브리키가 함께 걸어 나간 것은 물론이다.

제
3
부

제1장 축제 제1편

1

그 모든 일들이 있었음에도 불구하고 축제는 열렸다. 이 축제가 열릴 때의 우리 도시 분위기에 대해 몇 마디 하지 않을 수 없다. 만일 축제 전날 렘브케가 죽었다 하더라도 축제는 열렸을 것이다. 그만큼 율리야는 이 축제에 아주 특별한 의미를 부여하고 있었다. 아아, 마지막 순간까지도 그녀는 눈이 멀어 있었고 사람들의 심리 상태에 대해 조금도 파악하지 못했던 것이다.

막바지에 이르자 사람들은 축제가 아무 일 없이 그냥 지나가리라고는 생각하지 않았다. 사람들은 뭔가 어마어마한 사건이 터질 것 같은 예감에 사로잡혔다. 사실 사람들은 그저 인상이나 찌푸리며 외교적인 표정을 지었을 뿐이었다. 하지만 그 속에는 일종의 기대감이 숨어 있다고 보아도 된다. 일반적으로 러시아 사람들은 공적인 스캔들이나 무질서에 대해 한량없이 즐거워하기 마련이다.

그렇지만 그 축제를 앞두고 사람들이 느낀 감정에는 단순히 스캔들에 대한 욕망보다는 뭔가 더 진지한 것이 있었다. 전반적인 사람들 마음속에는 일종의 안달의 감정이, 도무지 어쩌지 못할 분개의 감정이 들어 있었고 모두들 모든 일에 싫증과 짜증을 느끼고 있는 것 같았다. 일종의 냉소주의, 팽팽하게 줄을 당겨놓은 것 같은 냉소주의가 도시를 떠돌며 모든 사람들을 지배하고 있었다. 분위기야 어쨌든 축제는 우리 도시 전체의 공통된 화제요, 기대였다. 좀 과장되게 표현한다면 거의 모든 시민들이 참가자로 서명했다 해도 과언이 아니다.

축제 프로그램은 2부로 나뉘어 있었다. 정오부터 4시까지는 '한낮의 문학'으로 명명했고 저녁 10시부터 밤새도록 무도회가 열리도록 되어 있었다. 축제의 입장료는 3루블이라는 엄청난 가격이었다. 여성 가정교사들을 위한 모금 행사의 성격을 띠고 있었으니 별도의 기부금 외에 입장료에서도 수입을 올리자는 위원회의 결론이었다. 사실은 말이 위원회의 결론이지 모든 것은 율리야의 의견대로 결정되었다. 그녀의 뜻에 따라, 밤에 열리게 되어 있는 무도회도 이 축제가 지니고 있는 숭고한 뜻을 살리기 위해 일종의 문학과 춤의 어울림이라고 할 수 있는 '문학 카드리유'로 결정되었다.

3루블이라는 거금을 내고 참석하게 된 사람들은 1부와 2부 사이에 당연히 음식과 술이 제공될 것이라고 굳게 믿고 있었고, 바로 그 믿음이 나중에 겪게 된 혼돈의 원인 중 하나가 되었다. 율리야는 카르마지노프의 「메르시」와 같은 훌륭한 작품으로 절제력 없는 대중들 머릿속에 들어 있는 음식에 대한 희망을 깨끗이 몰아낼 수 있으리라고 믿었다. 무도회 때는 레몬과 쿠키, 시원한 음료수와 아이스크림만 제공하기로 결정했고, 따로 떨어져 있는 끝 방에 음식들을 차려놓되 별도의 돈을 받기로 했다. 다시 말해, 술과 음식은 무도회 공식 프로그램에서 완벽히 배제된 것이다. 하지만 도시 사람들은 연회가 축제 안에 포함되어 있으리라고 굳게 믿고 있었으니, 이것이 문제였다.

한 가지 더 독자 여러분에게 알려줄 것이 있다. 기부금 액수가 대단했으며 지방의 군에서도 사람들이 몰려드는 바람에 티켓이 동이 날 지경이었다는 사실이다. 예컨대 바르바라는 300루블의 기부금을 내놓았고 자신의 온실에 있는 꽃들을 홀의 장식을 위해 모두 내놓았다. 또한 가난에 찌든 관리들조차 딸들을 데리고 축제에 왔으며 자신의 일곱 딸을 모두 데리고 온 말단 관리도 있을 정도였다. 축제가 2부로 나뉘어 있었기에 여성들의 의상 비용 출혈도 대단했다. 낭독을 위한 아침 의상과 2부의 춤을 위한 의상이 별도로 필요한 것 때문이었다. 나중에 밝혀진 바이지만 많은 중류층 사람들이 이 축제를 위해 온갖 가재도구들을 전당포에 맡겼다. 심지어 가족의 속옷과 침대 시트까지 맡겼다는 사실은 쉬쉬하는 가운데 공공연한 비밀이었다. 덕분에 유대인 전당포 주인들이 횡재한 것은 물론이다. 거의 모든 관리들이 월급을 가불했고, 지주들은 가축을 팔았다. 오로지 자기 집안의 딸들을 보다 멋지게 치장시켜 이 무도회에 데리고 오기 위해서였다.

드디어 낮 12시 정각, 오케스트라가 우렁차게 팡파르를 울렸다. 나는 이 축제의 진행위원, 즉 12명의 '장미 리본을 맨 젊은이'에 속해 있었기에 이 '수치스러운 기억의 날'이 어떻게 시작되었는지 내 눈으로 똑똑히 볼 수 있었다. 우선 입구에서의 어마어마한 대혼란으로부터 축제는 시작되었다. 거리를 꽉 메운 채 행사 장소로 몰려든 군중은 걸어서 입구로 향하는 대신 마치 돌격대처럼 돌진했다. 그사이 마차들이 계속 몰려와 마치 제방이라도 쌓듯 길을 다 막아버렸다. 그때 람신과 리푸틴이 우리 도시에서 가장 저질의 부랑자들을 몇 명 슬쩍 들여보냈다는 확실한 증거가 있다. 그리고 나와 같은 임무를 띤 진행위원들 몇 명도 그런 짓을 했음이 틀림없었다.

그들 외에도 아마 저 벽지에서 온 것 같은 생면부지의 작자들도 혼란을 틈타 티켓 없이 입장했다. 그들은 홀에 들어오기 무섭게 마치 사전에 무슨 사주라도 받은 듯 뷔페가 어디 있느냐고 설쳐대며 물었다. 그들은 따로 차려진 뷔페가 없다는 것을 알고는 이제까지 들어본 적 없는 상스러운 욕지거리를 해대기 시작했다. 심지어 입에서 이미 술 냄새를 풍기는 자들도 있었다. 또한 개중에는 어마어마한 홀의 규모와 그 화려함에 벌린 입을 다물지 못하는 자들도 있었음을 지나는 길에 슬쩍 지적한다. 홀 끝에는 낭독할 사람들을 위한 연단이 높게 솟아 있었고 홀 전체에는 마치 극장 좌석처럼 의자들이 놓여 있었으며 넓은 통로도 마련되어 있었다.

하지만 부랑자들이 놀라는 것도 잠시, 곧장 상식에 벗어나는 질문과 야유가 쏟아져 나왔는데 대충 정리하자면 이랬다.

"어쩌면 우리는 낭독 따위에는 관심도 없는지 몰라……. 우리는 돈을 냈어……. 우리는 뻔뻔스러운 속임수에 넘어간 거야……. 이건 우리의 여흥이지 렘브케들 것이 아니라고!"

한마디로 말해 그들에게 그런 짓을 시키기 위해 누군가가 일부러 들여보낸 것만 같았다.

곧이어 진짜 관중들이 들어서기 시작했고, 부랑자들의 난동은 어느 정도 가라앉았다. 하지만 그 진짜 군중들도 뭔가 불만에 찬 표정들이었고, 약간 겁을 먹은 듯한 표정의 부인들도 있었다.

마침내 모두 자리를 잡았고 연주도 그쳤다. 사람들은 코를 풀기도 했고 주위를 두리번거리기도 했다. 그러나 주최자 측, 그러니까 '렘브케들' 쪽에서는 아무런 움직임이 없었다. 비단, 벨벳, 다이아몬드가 사방에서 반짝이고 있었고, 대기 중에는 은은한 향수 냄새가 퍼져나가고 있었다.

마침내 원수 부인이 리자와 함께 나타났다. 리자는 그 어느 때보다 아름다웠고, 그 어느 때보다 화려하게 치장을 하고 있었다. 사람들은 그녀를 바라보며 그녀가 스타브로긴을 눈으로 찾고 있다고 수군거렸다. 하지만 스타브로긴도 바르바라도 없었다. 나는 그때 그녀의 얼굴에 왜 그런 표정이 떠올라 있는지 이해할 수 없었다. 그녀의 얼굴이 왜 그토록 행복해 보였으며 기쁨에 차 있었고, 에너지와 힘으로 가득했던 것일까? 나는 어제 일어난 일을 상기해보았지만 도무지 이해할 수가 없었다.

하지만 '렘브케들'은 아직 나타나지 않았다. 그리고 그것은 분명 큰 실수였다. 나중에 알게 된 일이지만 율리야는 표트르가 나타나기를 끝까지 기다리고 있었다. 그녀는 자신에 대한 표트르의 영향력을 절대로 인정하지 않았지만 이미 그녀는 표트르 없이는 한 걸음도 뗄 수 없는 처지였다. 더욱이 전날 표트르는 리본을 달고 진행위원 일을 맡아달라는 요구를 거절해서 그녀를 슬픔에 잠기게 만들었다. 게다가 그는 아침 내내 코빼기도 비치지 않았고 '한낮의 문학'에도 나타나지 않았다.

드디어 대중들은 노골적으로 불만을 드러내기 시작했다. 연단에는 아직 아무도 나타나지 않았다. 도대체 축제가 열리기는 열릴 것이냐, '렘브케들'이 너무 무게를 잡는 것 아니냐, 혹시 그들이 어디 아픈 게 아니냐고 점잖은 사람들까지 쑥덕거리고 있을 때 천만다행으로 드디어 렘브케 부부가 나타났다.

모두들 한시름 놓았다. 부부가 함께 나타났지만 거의 모든 사람들의 시선은 율리야에게로 쏠렸다. 그녀는 의외로 몹시 행복한 표정이었다. 사실 여인의 규방에서 일어난 일을 자세히 말해보라고 내게 요구할 권리는 그 누구에게도 없다. 그건 비밀에 속하고, 여자의 일이기 때문이다. 하지만 나는 단 한 가지만은 확실하게 알고 있다. 어제저녁 그녀가 안드레이 안토노비치 렘브케의 서재로 들어가서 자정이 훨씬 넘도록 그와 함께 있었다는 사실 말이다. 렘브케는 위안을 얻었고 용서를 받았다. 부부는 모든 것에 합의를 보았고 모든 것을 잊기로 했다. 부부 간의 회담이 끝나고 렘브케가 두려움에 사로잡힌 채 지난밤에 있었던 일을 되살리며 무릎을 꿇자 부인의 손이, 이어서 입술이, 감동에 사로잡힌 기사의 입에서 나오는 열렬한 참회의 말들을 막아버렸다.

율리야는 휘황찬란한 옷을 입고 활짝 열린 표정으로 연단 위에 나타났다. 그녀는 그녀의 욕망의 정점에 서 있는 것 같았다. 축제가, 그녀의 외교술의 목표이자 월계관인 그 축제가 드디어 실현되었으니 말이다. 부부는 연단 바로 앞 지정된 자리로 걸어가면서 인사를 하고 답례를 했다. 그들은 곧 사람들에게 둘러싸였고, 원수 부인도 그들을 맞으려고 자리에서 일어났다.

그런데 바로 그때 지독히 끔찍한 실수가 벌어졌다. 오케스트라가 느닷없이 쾅쾅 연주를 시작했던 것이다. 게다가 그 곡은 행진곡 같은 것이 아니라, 무슨 클럽의 공식 만찬 석상에서 누군가의 건강을 위하여 축배를 들 때 울리는 팡파르 같은 곡이었다.

나는 랴신이 진행위원의 자격으로 렘브케 부부의 등장을 축하한답시고 이 일을 주도했음을 이제는 알고 있다. 놈은 자신이 멍청해서 혹은 너무 질투가 나서 그런 엉뚱한 짓을 저질렀다고 얼마든지 변명할 구실을 찾아낼 수 있었을 것이다. 그런데, 오오, 그들은 이미 그따위 변명은 필요 없다고 생각하고 있었음을, 그날 이후로 그런 식의 변명이나 해명은 이미 지나간 과거의 일이라고 생각하고 있었음을 당시의 나는 전혀 모르고 있었으니…….

그런데 그것으로 끝난 것이 아니었다. 대중들이 당황해서 놀라거나 미소를 짓고 있는 가운데 갑자기 홀 뒤쪽 그리고 합창 단석에서 "만세!" 소리가 울려 퍼진 것이다. 분명 렘브케에게 경의를 표하는 만세 소리였다. 율리야의 얼굴이 확 달아올랐다. 만세 소리는 한참 동안 계속되었다. 렘브케는 만세 소리가 들리는 곳으로 몸을 돌리는가 싶더니 위엄 있는 자세로 홀을 둘러보았다. 그는 미소 짓고 있었는데, 나는 그 미소가 어딘지 위험해 보였다. 부인을 위해 자신이 희생양이 된 그런 사람의 표정이랄까…….

율리야가 급히 나를 손짓으로 불렀다. 그녀는 귓속말로 카르마지노프에게 가서, 어서 시작해달라 청하라고 내게 말했다. 그런데 내가 막 몸을 돌리려는 순간 먼젓번 일보다 더 불쾌한, 또 다른 추악한 사건이 벌어지고 말았다.

어디 있었는지 술에 잔뜩 취한 레뱌드킨이 연단 위에 갑자기 나타났다. 그가 그 비대한 몸을 연단 위에서 출렁이자 관객들 중 절반 이상이 웃음을 터뜨렸고 박수갈채를 보내는 사람들도 있었다. 하지만 진지한 사람들은 걱정스런 눈길을 주고받을 뿐이었다. 그러나 그것은 잠시뿐이었다. 진행위원의 리본을 단 리푸틴과 두 명의 하인이 연단 위로 뛰어 올라왔다. 하인들은 조심스럽게 레뱌드킨의 겨드랑이를 받쳐 들었고 리푸틴이 그의 귀에 대고 뭐라고 속삭였다. 그러자 그는 "뭐, 그렇다면"이라고 중얼거리며 일행과 함께 무대 뒤로 사라졌다.

그런데 잠시 후 리푸틴이 다시 무대에 나타났다. 그는 달콤한 미소를 짓고 있었으며 손에는 종이가 한 장 들려 있었다.

"여러분!" 그가 청중들을 향해 말했다. "저희들의 불찰로 엉뚱한 일이 벌어졌습니다. 심심한 사의를 표합니다. 이제 다 수습이 되었습니다. 그런데…… 제가 여러분들께 한 가지 청을 드려야겠습니다. 다름이 아니오라…… 제가…… 어느 고결한 분…… 그러니까 이 지방 출신 시인의…… 시 작품을 여러분들께 들려드리고 싶어서……. 그분이 하도 점잖게…… 간청을 하셔서……. 물론, 프로그램에는 들어 있지 않지만…… 우리로서는(도대체 우리가 누구란 말인가?) 즐거움이 가미된 그 순수한 감정만으로도 읽을 만하다고 보았기에……. 그러니까 뭐, 진지하게 읽어야 한다기보다는 지금 이 경우에 알맞다고 할까……. 제목도 그렇고 특히 몇 줄의 이념은……. 청중 여러분의 허락을 얻고 싶습니다."

누군가 "읽어보시오!"라고 고함을 질렀고 여기저기서 읽으라는 목소리가 울려 퍼졌다. 아무도 그를 막을 수 없었다. 더욱이 그는 '진행위원'의 리본을 달고 있지 않은가? 그는 큰 소리로 시를 낭독하기 시작했다.

「축제를 맞아 시인으로부터 이곳에 살고 있는 조국의 가 정교사 아가씨들께」

안녕, 가정교사 아가씨들
이 축제 날 마음껏 환호성을 외쳐라!
반동적인 여자건 급진주의 여자건
이제 그대들의 날이 왔으니 무슨 상관 있으랴!

그가 거기까지 읽었을 때 여기저기서 고함이 들렸다.

"그건 레뱌드킨 거다! 레뱌드킨의 시야!"

그러자 웃음에 박수갈채가 터져 나왔다. 리푸틴은 계속했다.

그대들은 프랑스어 문법을 가르치면서

밤이나 낮이나 윙크를 보내지

하다못해 교회지기라도 낚아볼까 하는,

그 헛된 희망에서

"만세! 만세!" 하는 고함이 들렸다.

하지만 이 위대한 진보의 시대에

아가씨들이여, 그대들은 슬프도다!

그대에게 '땡전 한 푼'이라도 있어야

교회지기라도 낚을 수 있으니

"맞아, 바로 그거야! 그게 바로 리얼리즘이야! 땡전 한 푼 없이는 어림도 없어!"

그런데 우리는 이 축제에서
거금을 거두어들였으니
우리, 춤을 너울너울 추면서
그대에게 지참금을 주노라

반동적인 여자건 급진주의 여자건
아무래도 좋으니 오늘은 마음껏 환호성을 외쳐라!
그대들이 지닌 지참금으로, 여교사들이여,
모든 것에 침을 뱉어라! 그대들의 날이 왔으니!

　나는 내 귀를 의심할 수밖에 없었음을 고백해야겠다. 그 의도가 너무 명백했다. 그리고 그 의도가 너무 명백한 것에 조금 전까지도 환호하던 자들까지 놀란 것 같았다. 그들도 쥐 죽은 듯 조용해진 것이다. 심지어 너무 놀란 나머지 부인을 일으켜 세운 후 밖으로 나가버린 노인도 있었다. 만일 그 순간 연미복을 차려입은 카르마지노프가 연단에 나타나지 않았다면 얼마나 많은 사람이 밖으로 나가버렸을지 알 수 없을 정도였다.
　나는 리푸틴에게 따지기 위해 무대 뒤로 갔다.
　"당신, 고의로 이런 짓을 한 거지요?" 나는 그의 팔을 거세게

잡으며 말했다.

그는 시를 조금 전에 받았기에 이런 내용인 줄 몰랐다고 발뺌했다. 그저, 재미있는 농담 정도로 알았다는 것이었다.

"거짓말 말아요. 당신이 직접 레뱌드킨과 지은 거면서……. 마지막 시구는 분명 당신이 쓴 거고……. 그가 그렇게 취하지만 않았어도 그냥 그에게 읽으라고 하려던 거지?"

그러자 리푸틴은 독살스런 눈으로 나를 바라보았다.

"그래서? 그게 당신과 무슨 상관이 있다는 거지?"

난 등골이 오싹해지는 것 같았다. 내 의심이 딱 들어맞는 것 같았다. 그런데도 나는 계속 내가 잘못 생각하고 있다고 헛된 희망을 품고 있었으니……. 그렇다면 표트르는 지금 어디서 무엇을 하고 있단 말인가?

하지만 리푸틴과 승강이를 하고 있을 시간이 없었다. 어쨌든 카르지마노프의 발표를 들으러 가야만 했다.

2

홀로 가보니 분위기가 별로 좋지 않았다. 나는 천재들에게 깊은 존경심을 느낀다. 하지만 왜 우리의 천재들은 그들의 화려한 인생 막바지에서 꼭 어린애처럼 행동하는 것일까? 카르마지노프가 마치 다섯 명의 시종을 거느린 것처럼 거드름을 피우며 등장할 필요가 있었을까? 그리고 고작 글 한 장으로 청중들을 꼬박 한 시간이나 붙잡아놓겠다는 생각을 어떻게 할 수 있었을까? 실제로 제아무리 천재 아니라 천재 할아버지라 할지라도 우리들 모임 같은 가벼운 문학 모임에서 아무 탈 없이 20분 이상 사람들의 주의를 모으는 것은 불가능하다. 물론 대작가가 등장할 때 사람들은 깊은 존경심으로 그를 맞았다. 엄숙한 노인들조차 흥미를 보이며 환영했고 젊은 여자들은 열광하기도 했다. 하지만 박수 소리는 짧았고, 여기저기서 듬성듬성 들렸을 뿐이었다.

어쨌든 문제는 그가 입을 열면서부터 시작되었다. 그가 몇 마디 하지도 않아 갑자기 누군가가 큰 소리로 웃기 시작했다. 하지만 아직 그 웃음에 동조하는 사람들은 없었다. 오히려 사람들이 손가락을 입에 대며 그를 향해 "쉿!" 하고 주의를 주었고 난동을 부리려던 자는 움츠러들었다.

카르마지노프는 온갖 찬란한 수사가 난무하는 그의 극시 「메르시」를 낭송하기 시작했다. 내가 감히 그를 평할 수는 없지만 그의 작품은 휘황찬란한 수다에 불과했다. 게다가 그런 수다가 한 시간이나 계속되었으니 끝이 좋을 리 없었다. 그런 문학 낭독회에서 연사가 그 누구든 발표가 20분 이상 지속되면 으레 나타나는 현상이 시작되었다. 사람들은 손과 발을 꼬기 시작했고 재채기를 했고 코를 풀었다. 하지만 이 천재 작가는 하나도 눈치채지 못했다. 그는 청중에 대한 배려는 조금도 하지 않은 채 계속 혀가 돌지 않는 소리를 우물우물 지껄여댔고 사람들은 기가 막힌다는 표정이었다. 바로 그때 갑자기 뒤쪽에서 고함이 들렸다.

"어휴, 이게 무슨 헛소리야!"

그때 차라리 노작가가 가만히 있는 게 나았다. 하지만 그가 "여러분, 제가 여러분을 좀 지겹게 한 것 같네요"라고 말한 것이 불을 지피는 꼴이 되고 말았다. 그의 말이 끝나기 무섭게 온갖 야유가 난무했다.

"아니, 요즘 유령 같은 게 어디 있어! 자연과학밖에 없다고! 가서 과학책이나 뒤져봐요!"

"아니, 세계가 세 마리 물고기 위에 서 있다고요! 그런 말을 한다는 걸 부끄럽게 여겨야지요!" 등등…….

카르미지노프는 너무 당황했다. 이 위대한 천재가 외국에 가 있는 동안 조국이 너무나 변한 것이다. 그가 완전히 기분 잡친 목소리로 말했다.

"여러분, 제 극시가 이곳에는 어울리지 않는 것 같군요. 하긴 제가 있어야 할 자리가 아니었는지도 모르지요. 다만…… 저는…… 제가 펜을 놓는 자리이니…… 조금은 경청해주실 줄 알았습니다."

"아녜요, 절대 아녜요. 우린 당신의 시를 듣고 싶어요!" 앞줄에서 어떤 부인이 대담하게 외쳤고 이어서 "읽으세요. 읽으시라니까요!"라는 열광적인 목소리들이 터져 나왔으며 박수갈채가 울렸다. 하지만 내가 단언하건대 박수 소리는 갈채라는 표현에 어울리지 않게 미미했고 듬성듬성했다.

"믿어주세요, 카르마지노프 씨. 우리는 모두 영광으로 생각하고 있답니다." 원수 부인도 참지 못하고 한마디 했다. 카르마지노프는 분명 머뭇거리고 있었다. 그때 뒤쪽에서 한 젊은이가 자리에서 일어나더니 외쳤다.

"카르마지노프 씨, 만일 당신이 작품에서 묘사한 그런 사랑을 내가 했더라면 이렇게 대중들 앞에서 낭송한 글 속에 그 이야기를 끼워 넣지는 않았을 거요!" 그는 군립학교에서 교사로 있는 점잖은 젊은이였다. 그 말을 하면서 그의 얼굴이 빨개진 것으로 보아 대단한 용기를 낸 게 틀림없었다. 그 말이 결정타였다. 카르마지노프는 마침내 결심한 듯 말했다.

"여러분, 이것으로 끝내겠습니다. 결론은 생략하겠습니다. 다만 마지막 여섯 줄이나 읽게 해주십시오!"

그는 청중들의 반응을 무시하고 마지막 여섯 줄을 읽기 시작했다.

안녕, 독자여! 나는 우리가 친구 사이로서 헤어지자고 우기지는 않겠노라! 무엇 때문에 여러분을 괴롭힌단 말인가! 차라리 나를 욕하라! 나를 욕해서 만족을 얻을 수 있다면 얼마든지 그렇게 하라! 하지만 우리가 영원히 서로를 잊는 것이 최선이리라. 만일 독자 여러분들이 친절하게도 갑자기 무릎을 꿇고 눈물 흘리며 내게 "카르마지노프, 글을 써달라! 우리를 위하여, 러시아를 위하여, 후손을 위하여, 월계관을 머리에 쓰기 위하여!"라고 간청하더라도 나는 최대한 정중하게 이렇게 답하리라! "아니다, 사랑하는 동포들이여! 이제 우리 사이는 이것으로 충분하다! 사랑하는 동포들이여, 메르시(고맙다)! 이제 헤어져 각자의 길을 갈 때가 되었도다! 메르시! 메르시!

"도대체 누가 무릎을 꿇는다는 거야! 참으로 웃기는군!"

"원, 뭔 놈의 자만심!"

"그냥 유머야, 유머!"

"어쨌든 끝난 게 다행이야!"

"어휴, 지겨워 죽는 줄 알았네."

객석 뒷줄에서 계속 이어지던 야유는 앞쪽에서 들려온 박수 소리에 묻혔다. 귀부인들이 카르마지노프를 위해 친 박수 소리였다. 율리야와 원수 부인을 필두로 몇몇 귀부인들이 단상으로 올라갔다. 율리야의 손에는 월계관이 들려 있었다.

"아니, 월계관이 아닙니까?" 카르마지노프가 약간은 빈정거리는 듯한 묘한 웃음을 띠고 말했다. "오, 감동받았습니다. 저를 위해 미리 준비한 아직 싱싱한 이 월계관을 기꺼이 받아들이겠습니다. 하지만 저는 갑자기 사실주의자가 되었습니다. 저는 이 시대에는 이 월계관이 저보다 솜씨 좋은 요리사에게 더 어울린다고 생각합니다."

"그래, 요리사가 훨씬 더 쓸모가 있지!" 비르긴스키 집에서의 모임에 참석했던 신학생이 소리쳤다. 그러자 누군가 큰 목소리로 "요리사를 위해 3루블을 다시 내겠다"라고 외쳤고, 여기저기서 "나도!" "나도!" 하는 소리가 들렸으며 "아니, 정말 뷔페가 없는 거야?" "이거 완전히 사기로군!"이라는 외침도 들렸다.

하지만 이 고삐 풀린 양반들이 그곳에 와 있던 고위 공직자들과 경찰들을 두려워하고 있었다는 사실도 분명히 밝혀야겠다. 10분 정도 지나자 모두들 제자리에 앉았고 장내는 어느 정도 진정이 된 듯했다. 하지만 이미 이전의 질서를 되찾을 수는 없었다. 그리고 바로 그런 대혼란 속으로 스테판 트로피모비치가 내던져진 것이다.

나는 정신없이 무대 뒤로 달려가 스테판에게 다 그만두고 집으로 돌아가는 것이 낫겠다, 나도 리본을 떼어버리고 함께 가겠다, 라고 허둥지둥 말했다. 하지만 이미 당당한 모습으로 무대를 향해 걸어가던 그는 뒤를 돌아보고 내게 말했다.

"아니, 이보게, 어찌해서 내가 그런 비열한 짓을 하리라는 생각이 들었단 말인가?"

그의 단호하고 의기양양한 말에 나는 뒤로 물러설 수밖에 없었다.

그가 드디어 연단에 섰다. 전보다 훨씬 못한 그의 평판과 영향력을 감안해볼 때 청중이 그에게 야유를 보내지 않은 것만 해도 다행이었다. 나만의 예감이었는지, 그가 모습을 보이자마자 사람들이 그에게 휘파람을 불어댈 것만 같았던 것이다. 카르마지노프를 그런 식으로 대했으니 그에게는 오죽하리오.

하지만 채 가시지 않은 혼란 때문에 관중들은 그가 아예 안중에도 없었다. 단언하지만 10년 만에 대중 앞에 서게 된 그는 몹시 흥분해 있었고 얼굴은 창백했다. 분명 그는 이 연단에 서게 된 것을 그의 운명의 전환점이나 그 비슷한 것으로 간주하고 있음이 분명했고 나는 특히 그 점을 걱정하고 있었다. 그만큼 그는 내게 소중한 사람이었다. 그러니 그가 입을 열고 내뱉은 첫 마디를 듣는 순간 내 심정이 어떠했겠는가!

"여러분!" 그는 모든 것을 감수하기로 작정한 듯 갑자기 툭 던지는 듯한 목소리로 입을 열었다. "여러분, 저는 오늘 최근에 유포되고 있는 불법 전단 한 장을 입수했습니다. 그리고 저는 백 번도 넘게 자문했습니다. '과연 이 속에 어떤 비밀이 숨어 있을까?'"

홀 안이 일시에 잠잠해졌고 모두들 그를 주시했다. 개중에는 놀라서 눈이 휘둥그레진 사람들도 있었다. 심지어 무대 뒤에 있던 자들 중에서도 고개를 빠끔히 내밀고 귀를 기울이는 자들이 있었다. 바로 람신과 리푸틴이었다. 청중이 술렁거리기 시작했다. 그러거나 말거나 스테판은 이야기를 계속했다.

"저는 그 비밀을 다 풀었습니다. 그 선언문이 발휘하는 효력의 비밀은 바로 그 '어리석음'에 있습니다. 그 어리석음이 의도되고 계산된 것이라면 정말 천재적입니다. 어쨌든 이 유인물을 만든 자들을 우리는 제대로 평가해야 합니다. 그들은 아무런 해로운 것도 내세우지 않습니다. 이 유인물의 본질은 어리석음 그 자체, 마치 화학원소와 같이 순수한 어리석음 그 자체입니다. 만일 그 안에 조금이라도 현명한 것이 들어 있다면 사람들은 그 글이 얼마나 엉터리이고 멍청한 것인지 즉각 알아챘을 겁니다. 하지만 그 글이 온통 멍청한 것으로 채워져 있기에 사람들은 의혹에 잠깁니다. 아무도 그 글이 어리석음 그 자체라고 생각하지 않기 때문입니다. '그 안에 아무것도 들어 있지 않다는 건 불가능해'라고 누구나 생각하고 그 안에 들어 있는 비밀을 찾아내려 애쓰고 행간의 의미를 읽으려 애쓰게 됩니다. 효과를 거둔 겁니다! 오! 어리석음이 이토록 큰 보상을 받은 적은 없습니다! 물론 역사적으로 종종 보상을 받은 적은 있지만……. 덧붙이자면, 어리석음은 인류의 운명에서 가장 뛰어난 천재만큼 유익한 역할을 담당해왔던 것입니다."

그가 말을 맺자마자 사람들이 웅성거리기 시작했고 소란이 일었다.

"여러분, 만세! 이 멍청함을 위하여 건배!" 스테판이 홀 안의 소란을 깡그리 무시하고 광적인 흥분에 휩싸여 소리쳤다.

나는 그에게 달려갔다. 하지만 그가 내게 덤벼들 듯 두 눈을 부릅뜨고 내버려두라고 소리치는 바람에 나는 물러설 수밖에 없었다. 그는 청중을 향하여 고함치듯 연설을 계속했다.

"여러분, 시대의 변화란 무엇입니까? 바로 하나의 미를 다른 것으로 대체하는 것을 의미합니다. 모든 어려움은 '셰익스피어와 장화 중에 어느 것이 더 아름다우냐, 라파엘로가 아름다우냐 아니면 석유가 더 아름다우냐' 하는 질문 속에 들어 있습니다. 저는 선언합니다. 셰익스피어와 라파엘로가…… 농노해방보다 소중하다는 것을, 민족주의보다 소중하다는 것을, 사회주의보다 소중하다는 것을, 젊은 세대보다 소중하다는 것을, 화학보다 소중하다는 것을, 전 인류보다 소중하다는 것을! 그들은 인류가 맺은 열매, 아마 인류가 맺을 수 있는 가장 고귀한 열매이기 때문입니다! 미가 없다면 저는 차라리 살아가는 것을 거부하겠습니다!

오오! 그렇습니다! 저는 10년 전 페테르부르크의 연단에서도 똑같이 외쳤습니다. 그때도 지금과 마찬가지로 사람들은 저를 비웃고 야유만 보냈습니다. 이런 얕은 사람들 같으니! 도대체 뭐가 부족해서 내 말을 이해하지 못하는 겁니까? 자, 들어 보세요! 영국인이 없어도, 독일인이 없어도 인류는 살아갈 수 있습니다. 러시아인이 없어도 마찬가지입니다. 과학이 없어도 가능하고 빵이 없어도 가능합니다. 하지만 미가 없다면 인류는 존속할 수 없습니다. 이 세상에 남는 게 하나도 없을 것이기 때문입니다. 만물의 바탕에 숨어 있는 비밀이 바로 그것이고 역사가 우리에게 가르쳐주는 것도 바로 그것입니다. 과학조차도 미가 없다면 단 한 순간도 지속될 수 없습니다. 비웃기나 하는 자들이여! 이 사실을 알겠는가? 과학은 그저 틀에 박힌 노예가 되어버리고 못 하나도 발명해내지 못하게 된다는 것을!"

그는 마치 결론을 내리듯 탁자를 주먹으로 내리쳤다. 그가 그렇게 종잡을 수 없는 말을 늘어놓는 동안 홀 안은 극도로 혼란스러워졌다. 사람들이 자리에서 벌떡 일어났고 연단을 향해 다가오는 무리들도 있었다.

"흥, 모든 걸 다 누리고 있는 당신 입장에서야 그렇겠지! 이 배부른 양반아!" 연단 바로 밑에까지 다가온 신학생이 으르렁거렸다.

"정말이지, 이 어리석은 자들이여! 내가 젊은 세대들도 지난 세대들과 마찬가지로 순수하다고 생각한다는 걸 모른단 말인가! 오로지 미의 형식에서 잘못을 범하고 있다고 말하는 걸 모른단 말인가! 오오, 정말이지 여러분은 좀 더 공평하고 공정할 수 없단 말인가? 배은망덕한 자들 같으니! 무엇 때문에 화해를 하지 않으려는 건가!"

스테판은 갑자기 흐느끼기 시작했다. 자기가 지금 어디 있는지조차 잊고 있는 것 같았다. 사람들은 경악해서 모두 자리에서 일어났다. 율리야도 어리둥절해서 자리에서 일어났는데 그것은 그녀가 이 도시로 온 이래 처음 보이는 모습이었다.

홀 안이 극도의 혼란에 빠져 있는 순간 한 사내가 무대 위로 뛰어 올라왔다. 내가 무대 뒤 대기실에서 이미 그 모습을 보고 의아해했던 남자였다. 그의 모습은 거의 광인에 가까웠다. 그런데 나는 나중에 알았다. 그도 율리야에 의해 이 '한낮의 문학' 행사에 초청된 세 번째 연사였다. 나는 지금까지도 그가 정확히 누구인지 모른다. 다만 어느 대학 교수였다가 모종의 사건으로 쫓겨났다는 소리만 어렴풋이 들었을 뿐이다.

무대에 오르자마자 그는 거의 비명에 가까운 소리를 내지르며 주먹을 높이 들었다가 아래로 내리쳤다. 그러자 관중석 사방에서 광포한 환호 소리와 함께 박수갈채가 터져 나왔다. 내가 보기에 거의 절반 이상의 청중이 열광적으로 박수를 쳤다.

이어서 그는 최근 20년간 러시아가 얼마나 타락했는지 열변을 토한 후, 지금 중요한 혁명기를 맞이하고 있다고 거의 미친 듯 울부짖었다. 순간 이루 말할 수 없이 흥분한 렘브케가 누군가에게 뭔가 지시하는 것이 보였다. 곧이어 관리로 보이는 대여섯 명의 사내가 연단 위로 올라가더니 그 사내를 끌고 나가려 했다. 하지만 그 순간 그를 구해주기 위해 열댓 명의 사람들이 연단 위로 올라갔다. 순간 어디서 나타났는지 비르긴스키의 여동생이 두세 명의 여자들과 두세 명의 남자들에 둘러싸여 연단으로 올라갔다. 혼란의 와중에도 나는 그녀가 하는 말을 알아들을 수 있었다.

"여러분! 저는 가난한 대학생들의 고통을 널리 알리고 그들이 저항의 깃발을 올리도록 만들기 위해 이곳에 왔습니다!"

나는 리본을 호주머니에 넣은 채 뒤쪽 통로를 통해 밖으로 나왔다. 혼자 집으로 돌아간 스테판의 뒤를 만사 제쳐두고 뒤따라가기 위해서였다.

제2장 축제의 끝

1

집에 틀어박힌 스테판은 내게 문을 열어주지 않았다. 내가 계속 문을 두드리자 문틈으로 그가 말했다.

"친구여! 난 이제 모든 것을 끝장냈네. 더 이상 누가 내게 무엇을 요구할 수 있으리."

"당신은 아무것도 끝내지 않았어요. 모든 게 엉망이 되도록 도왔을 뿐이지요. 어서 문이나 열어요."

"아니, 더 이상 나를 괴롭히지 말게. 나도 흥분해 있으니……. 다시 한번 모든 것에 메르시(감사)하다네. 카르마지노프가 군중과 헤어지듯 우리도 헤어지세. 자, 안녕! 정말로 안녕!"

나는 그의 말을 심각하게 받아들이지 않았다. 툭하면 비감에 젖는 평소의 그와 별로 달라 보이지 않았기 때문이다. 나는 그가 뜻밖의 비극적인 일을 벌이리라고는 조금도 생각하지 않았다. 오, 내가 그 얼마나 잘못 생각했단 말인가!

나는 문을 열어주지 않겠다는 그의 말에 복수라도 하듯 세 번이나 문을 쾅쾅 두드린 후 "나를 부르러 나스타시야를 세 번 보내더라도 절대 오지 않을 거예요!"라고 큰 소리로 외쳤다. 나는 율리야 미하일로브나에게로 달려갔다.

율리야는 눈물을 흘리고 있었고 극도로 신경이 예민해져 있었다. 그녀는 화장수로 찜질을 하고 있었으며 앞에는 물컵이 놓여 있었다. 표트르가 그녀 앞에 서서 끊임없이 주절대고 있었으며 공작 한 명이 입을 봉한 채 옆에 서 있었다. 율리야는 표트르가 '변절'했다며 그를 격하게 비난했다. 그는 오늘 일어난 모든 불상사를 표트르의 부재 탓으로 돌리고 있었다.

내가 들어섰을 때 그들의 화제는 무도회를 열 것인가 말 것인가에 집중되어 있었다. 율리야는 무도회를 도저히 못 열겠다고 고집을 부리고 있었고 표트르는 열어야 한다고 거의 불손한 어조로 그녀에게 강요하고 있었다. 나는 평소와는 다른 그의 어조에 놀랐다. 나는 훗날 표트르와 율리야의 관계에 대해 떠돈 저급한 소문을 단호히 부정한다. 그건 단순히 유언비어일 뿐이었다. 표트르가 그녀에게 영향력을 행세할 수 있었던 것은 오로지 처음부터 그녀를 조잡한 아첨으로 사로잡았던 덕분이다. 그녀가 정치적으로, 사회적으로 큰 역할을 하려는 욕망에 사로잡혀 있다는 것을 알고 그는 그녀에게 알랑방귀를 뀌면서 자신도 같은 꿈을 가지고 있는 척, 그녀와 함께 그 꿈을 실현하려 애쓰는 척했다. 마침내 그가 그녀를 온통 사로잡아 그녀는 그자 없이는 아무 생각도 할 수 없는 지경이 되었던 것이다.

율리야는 모든 것이 자신과 남편에게 위해를 가하려는 음모라고 거의 울부짖다시피 말했다. 나는 그녀의 의견에 동조하면서, 더 이상 이런 행사를 주관할 수 없다고 진행위원 리본을 그녀에게 내주었다. 하지만 표트르는 그런 음모는 없다고, 어떻게 그렇게 일치단결해서 일을 벌일 수 있겠느냐고 강력하게 주장했다. 그러자 율리야가 그런 부랑자들을 끌어들인 것은 표트르가 아니냐고, 그가 이 음모를 꾸민 주동자가 아니냐고 질타하듯 외쳤다. 표트르는 자기가 부랑자들을 끌어들인 것은 사실이라고 시인했다. 하지만 그들이 그렇게 떼거리로 몰려와 난동을 부릴 줄은 몰랐다고 말했다. 그는, 자신의 아버지 스테판을 축제에 끼어들인 것은 바로 그녀 자신이라는 점을 강조하며, 모든 것은 그저 우연일 뿐이라고 거듭 강변했다.

"자, 이 모든 것이 우연일 뿐이고 우리 도시는 정상적으로 돌아가고 있다는 것을 보여주기 위해서라도 무도회는 열려야 합니다. 지사님과 부인의 명예를 회복하기 위해서라도 무도회는 열려야 합니다. 이 행사에 대해 이러쿵저러쿵 말이 많은 얼간이들의 기를 죽이기 위해서라도 무도회를 열고 번듯하게 끝을 내야 합니다." 표트르는 마지막으로 결론짓듯 그렇게 말했다.

"하지만 원수 부인은 오지 않을 거예요! 절대 오지 않을 거라고요!"

"그녀가 오지 않은들 무슨 대수인가요? 하긴 오지 않을지도 모르겠군요. 당장 할 일이 있을 테니……. 이미 손에 진흙을 묻혔으니……."

"무슨 소리예요? 왜 그녀가 손에 진흙을 묻혔다는 거예요?" 율리야가 놀란 눈으로 표트르에게 물었다.

"뭐, 확실하진 않지만……. 그녀가 중간에서 다리를 놓았다는 소문이……."

점점 알 수 없는 소리였다.

"뭐요? 그녀가 다리를 놔요? 도대체 무슨 다리를 놓았다는 거예요?”

“아니, 당연히 알고 계실 줄 알았는데 아직 모르고 계셨단 말입니까?” 그는 크게 놀란 척했다. 경탄할 만한 연기력이었다. “니콜라이 스타브로긴과 리자베타 사이에 다리를 놓았단 말입니다.”

우리는 모두 비명을 지를 수밖에 없었다.

“아니, 뭐라고요? 도대체 어떻게?”

“아니, 어떻게 아무것도 모를 수가! 아주 비극적인 로맨스가 벌어졌는데……. 한낮에 리자베타가 원수 부인의 마차를 타고 가서 니콜라이의 마차로 옮겨 탔단 말입니다. 그리고 함께 스크보레쉬니키로 달아났단 말입니다. 고작 한 시간 전에 벌어진 일이지요.”

우리가 그에게 연속적으로 질문을 퍼부었지만 그는 자신은 우연히 그 일을 목격하게 되었을 뿐이라는 말만 되풀이하면서 모호하게 당시 상황을 묘사했을 뿐이었다.

나는 의아한 생각이 들어 그에게 물었다.

“아니, 당신이 어떻게 거기 있게 된 거요? 그들이 스크보레쉬니키로 갔다는 건 어떻게 알았소?”

그가 대답했다.

"우연히 그곳을 지나게 된 거지요. 리자의 모습이 보이자 마차로 달려간 것이고……. 마브리키는 리자를 말리려 하지도 않더군요. 심지어 원수 부인이 '스타브로긴에게 가는 거예요! 스타브로긴에게!'라고 소리치자 부인을 말리기까지 하더라고요."

나는 더 이상 참지 못하고 그에게 소리쳤다.

"이 악당 놈! 모두 네가 한 짓이야!" 나는 화가 머리끝까지 나 있었다. "그래, 오전 내내 그 짓을 하느라 나타나지 않았군! 네 놈이 미리 다 계획한 일이야. 네놈이 바로 그 마차 안에 있었던 거야! 그리고 리자를 마차에 태운 거야! 그래, 네놈이야…… 바로 네놈! 율리야 미하일로브나, 이놈은 당신의 적입니다. 당신을 파멸시킬 겁니다! 이놈을 조심하세요."

그런 후 나는 황급히 그 집에서 뛰쳐나왔다.

나는 내가 어떻게 표트르에게 그렇게 욕을 해댈 수 있었는지 지금도 그저 놀라울 뿐이다. 하지만 내 추측은 전부 맞았다. 뒤에 밝혀진 일이지만 모든 일은 내가 말한 그대로 벌어진 것이다. 우리가 미리 알고 있는 줄 알았다는 그의 말, 원수 부인이 그 일에 관여했다는 소문이 자자하다는 그의 말이 도무지 이치에 닿지 않았다. 한 시간 전에 벌어진 일을 우리가 어떻게 알 수 있으며 그사이에 무슨 소문이 퍼질 수 있단 말인가!

내가 율리야의 집에서 뛰쳐나온 것은 이미 파국이 왔다는 생각이 마음을 찔렀기 때문이었다. 나는 마음이 아파 거의 울음이 나올 지경이었다. 혹은 실제로 눈물을 흘렸는지도 모른다. 나는 정말 어찌할 바 모르는 상태였다. 나는 스테판에게 달려 갔지만 그는 여전히 문을 열어주지 않았다. 리자의 집으로 달려가니 집 안에서 대소동이 일고 있었다. 리자의 어머니는 거의 기절하다시피 한 상태였다. 다행히 마브리키가 옆에서 그녀를 돌보고 있었다. 그 집에서 나온 나는 왜 그랬는지 나 자신도 모르는 채 다샤에게 달려갔다. 하지만 바르바라의 집에서는 아무도 나를 만나주지 않았다. 그런 다음 나는 샤토프에게 달려가서 그를 만났다. 그는 내 이야기를 묵묵히 듣더니 리푸틴에게 가보라고 말했다. 그를 만나면 모든 것을 알 수 있으리라는 것이었다.

하지만 이미 저녁 9시가 되었기에 내 발길은 무도회장으로 향했다. 물론 이미 리본을 반납했기에 더 이상 진행위원 자격으로서는 아니었다. 우리 도시 사람들이 이 사건에 대해 무슨 말을 하고들 있을지 도저히 호기심을 억누를 수 없었던 것이다. 그리고 멀리서나마 율리야가 어떤지 확인하고 싶었다. 나는 아까 그렇게 황급히 그녀 곁을 떠난 자신을 책망했다.

2

터무니없는 사건들로 점철된 그 밤, 새벽에 이르러 최종 파국에 이른 그 밤이 내게는 아직까지 끔찍한 악몽처럼 내 앞에 어른거리고 있으며, 이 연대기를 쓰면서 가장 힘겹게 여겨졌던 부분이기도 하다.

내가 원수 부인의 집에 도착했을 때는 10시가 좀 늦은 시각이었다. 방금 전 문학 낭독회가 열렸던 홀은 어느새 말끔히 치워지고 무도회장으로 변신해 있었다. 나는 이미 이 무도회가 정상적으로 진행되리라는 환상을 품지는 않았다. 하지만 사태가 이 지경에까지 이르리라고는 미처 예상하지 못했다. 상류계층 가족들이 단 한 명도 참석하지 않은 것은 물론이고 좀 중요한 직책을 맡고 있는 관리들 가족들도 불참했으니 정말 충격적인 일이었다. 심지어 상인들도 절반 이상 그냥 집에 머물러 있었다. 그러나 낮에 티켓 없이 입장했다는 의심을 살 만한 인물들 무리는 훨씬 늘어났다. 그들은 누더기 옷을 걸친 채 온갖 추잡한 욕설을 퍼부어대며 곧장 뷔페가 차려진 곳으로 몰려갔다.

그럭저럭 카드리유가 간신히 시작되었다. 아가씨들은 춤을 추었고 부모들은 겉으로는 흐뭇한 듯 딸들이 춤추는 모습을 바라보았다. 하지만 그들 대부분은 뭔가 소동이 벌어지기 전에어서 이 자리를 뜨고 싶은 마음뿐이었다. 모두들 반드시 소동이 벌어지리라고 확신하고 있었다.

그 모든 것을 지켜보며 율리야의 마음이 어떠했는지 묘사하기란 쉽지 않다. 그녀의 얼굴은 분명 병적이었다. 그녀의 시선은 비록 오만함과 경멸감은 그대로 지니고 있었지만 불안한 기색으로 여기저기 헤매고 있었다. 그녀는 고통스럽게 자기 자신을 억제하고 있었다. 하지만 왜? 도대체 누구를 위해서? 그녀는 그곳을 떠났어야 했다. 남편을 데려갔어야 했다. 그런데 그녀는 남아 있었다. 그녀는 표트르를 부르지도 않고(나는 표트르를 조금 전에 뷔페에서 보았다. 그는 굉장히 즐거운 표정이었다) 단 한 순간도 남편 곁에서 떠나지 않았다. 오, 그녀는 최후의 순간까지도, 누가 남편의 정신 건강에 대해 염려의 말을 한다면 화를 내며 부인했으리라! 하지만 이제 그녀도 두 눈을 뜨고 사태를 정확히 파악한 것 같았다. 나는 지사의 모습을 척 보고도 그의 상태가 아침보다 훨씬 나빠진 것을 알 수 있었다. 그는 의식이 멍한 상태에 빠져 자신이 지금 어디 있는지도 모르는 것 같았다. 그는 가끔 예상치 못한 엄한 시선으로 주위를 둘러보았으며 나와도 두어 번 시선이 마주쳤다. 그리고 한번은 입을 열고 큰 목소리로 무슨 말인가 했는데 채 문장을 맺지도 못했고, 곁에서 우연히 그 말을 들은 한 늙은 관리는 겁에 질린 표정이 되었다. 사람들은 율리야 근처에 가지 않으려 애를 썼고, 그녀의 남편에게 야릇한 시선을 던졌다.

드디어 문학 카드리유가 시작되었다. 하지만 나는 그 지저분한 '쇼'를 절대로 묘사하고 싶지 않다. 한마디로 난장판이었다. 무슨 알레고리 같은 가면극이었는데, 나는 그보다 더 진부하고 무미건조하며 비참한 극은 본 적이 없다고 단언할 수 있다. 사람들은 모두 냉소적인 시선으로 극을 보더니 웅성거리기 시작했다. 그리고 집어치우라는 고함이 홀에 울리기 시작했다.

그때였다. 누군가 소리쳤다.

"불이 났다! 자레치예 마을이 불타고 있다!"

나는 홀에 있던 누군가가 그 고함을 지른 것인지, 아니면 누군가 현관으로 뛰어 들어오면서 지른 것인지 정확히 알지 못한다. 어쨌든 그 고함은 내 펜으로 묘사하기 어려울 정도의 무시무시한 공포를 불러 일으켰다. 이 무도회에 온 사람들 중 절반이 집주인으로 혹은 세입자로 자레치예에 살고 있었고, 그곳 건물들은 대개 목조건물이었다. 사람들은 창문 쪽으로 달려가 커튼을 걷어 젖히고 블라인드를 뜯어냈다. 자레치예 전체가 불타고 있었다. 사실상 화재는 이제 막 시작되었지만 완전히 동떨어진 세 곳에서 동시에 불길이 일고 있었으며 사람들은 무엇보다 그 사실에 경악했다.

"방화다! 쉬피굴린 공장 직공들이 저지른 짓이다!" 군중 속에서 누군가 울부짖었다.

"난 이미 예감하고 있었어! 놈들이 불을 지를 줄 알았다고!"

"맞아, 그놈들이다! 그놈들 아니면 누구란 말이냐!"

"저곳에 불 지르려고 우리를 일부러 이곳에 모아놓은 거다!"

군중은 모두 입구로 몰려갔다. 그때 벌어진 소동, 비명, 아가씨들의 울음소리에 대해서는 더 이상 묘사할 재간이 없다.

그때였다. 렘브케가 울부짖듯 고함을 질렀다.

"모두 체포하라! 한 놈도 내보내지 마라! 모두들 샅샅이 조사하라! 지금 당장!"

그러자 사람들 입에서 욕지거리가 한꺼번에 쏟아져 나왔다. 절망에 사로잡힌 율리야가 소리쳤다.

"오, 여보! 안드레이! 여보!"

그러자 렘브케가 위협적인 손가락으로 그녀를 가리키며 외쳤다.

"이 여자를 먼저 체포하라! 이 여자를 제일 먼저 수색하라!

무도회는 불을 지르기 위한 구실일 뿐이다!"

그녀는 외마디 비명을 지르더니 그대로 기절해버렸다. 나와 여러 사람들이 그녀를 부축해 겨우 마차에 태워 그녀의 집으로 데려갔다. 집에 거의 다 왔을 무렵 그녀는 겨우 정신을 차렸으며 그녀가 첫 번째로 한 행동은 소리쳐 남편을 찾는 일이었다. 그녀의 모든 환상이 사라져버린 순간, 그녀에게는 오로지 남편만이 남아 있던 것이었다. 곧이어 의사를 부르러 사람을 보냈고 나는 공작과 함께 꼬박 한 시간을 그녀 곁에 있었다.

한편 렘브케는 경찰서장과 함께 화재 현장으로 갔다. 경찰서장은 렘브케를 율리야와 함께 마차에 태워 보내려고 애썼다. 하지만 무슨 이유에서인지 렘브케는 화재 현장으로 가겠다고 고집을 피웠다. 결국 경찰서장이 렘브케와 함께 마차를 타고 화재 현장으로 갈 수밖에 없었다. 경찰서장은 훗날, 지사가 마차 안에서 도저히 실행하기 어려운 이상한 지시들을 손짓 발짓으로 했다고 증언했다. 각하는 이미 그때부터 너무 놀란 나머지 섬망 상태에 빠져 있었다고 훗날 작성된 공식 보고서에 명시되어 있었다.

그 무도회가 어떻게 끝이 났는지는 더 이상 이야기할 것이 없다. 모든 것이 엉망진창이었다. 우리 지방의 여교사들을 위한 축제는 그렇게 막을 내렸다.

 "불이다!"라는 외침이 들린 다음 곧바로 "쉬피굴린 공장 직공들이 저지른 짓이다!"라는 고함이 군중 속에서 들려왔다는 것이 참으로 흥미롭다. 지금은 실제로 그 공장의 세 명의 직공이 방화를 저질렀다는 사실이 밝혀졌다. 하지만 나머지 직공들은 모두 결백하다는 것이 조사 결과 밝혀졌다. 한 가지만 더 밝히자. 이 세 명 외에(한 명은 체포되어 자백했고, 두 명은 아직 도망 중이다) 유형수 페디카도 방화에 참여한 것으로 알려져 있다. 페디카는 그렇다 치더라도 이 세 명은 과연 왜 불을 지른 것일까? 혹시 누구의 사주를 받은 것은 아닐까? 지금까지도 그저 어림짐작만 할 수 있을 뿐 그 질문에 정확히 답하기는 어렵다.
 바람이 강한 데다 자레치예의 건물들이 모두 목조건물이었기에, 게다가 세 곳에서 동시에 불길이 일었기에 불은 급속도로 번져나갔고 도저히 제어할 길이 없었다. 하지만 페테르부르크 신문 통신원이 신문에 쓴 것처럼 너무 과장할 필요는 없다. 자레치예의 4분의 1 정도만이 타버렸을 뿐이었다.
 율리야의 집을 나온 나는 화재 현장으로 달려갔다. 사람들은 가재도구를 조금이라도 더 끌어내려 애쓰고 있었으며 소방 관들은 열심히 불을 끄고 있었다. 또한 도시 곳곳에서 몰려온 구경꾼들이 장사진을 이루고 있었다. 구경꾼들 중에는 불 끄는 것을 도와주는 사람들도 있었고 구경만 하고 있는 사람들도 있었다.

호기심에 사로잡힌 군중을 헤집고 다닌 끝에 나는 겨우 렘브 케를 찾아낼 수 있었다. 율리야가 그를 꼭 찾아오라고 내게 신 신당부했던 것이다. 그런데 그가 취하고 있는 자세가 실로 이 상했고 기묘했다. 그는 무너진 담장 폐허 위에 서 있었던 것이 다. 그의 왼쪽으로 서른 걸음 떨어진 곳에서는 이미 골조만 앙 상하게 남은 채 2층 집이 불타고 있었고 소방관들이 불을 끄느 라 애쓰고 있었다. 렘브케는 그 위험한 현장에서 고함을 지르 고 손짓 발짓을 하면서 화재 진압을 지휘하고 있었다. 하지만 아무도 그의 명령에 따라 움직이는 사람은 없었다. 마치 모두 들 그를 그냥 거기 내버려두고 있는 것 같았다. 아무도 그에게 귀를 기울이지 않았고 아무도 그를 그곳에서 끌어내려 하지도 않았다. 순간 얼굴이 창백해진 렘브케가 아연할 수밖에 없는 말을 내뱉었다.

"그래, 모든 게 방화주의다! 니힐리즘이다! 무언가 불이 붙는다면 그건 니힐리즘이다!"

경찰 한 명이 그에게 다가가 말했다.

"각하! 이제 댁으로 돌아가셔서 쉬시는 게……. 각하, 이곳에 계시면 위험합니다."

그는 무슨 일이 있어도 지사를 댁으로 모시라는 경찰서장의 명을 받고 옆에 있던 경찰이었다.

"그들은 이재민의 눈물은 닦을 수 있으리라! 하지만 그들은 도시를 불태우리라! 언제나 네 명의 악당의 짓이다! 네 놈 반의 짓이다! 악당을 체포하라! 놈은 벌레처럼 가족의 명예 속으로 파고든다. 집들을 불태우기 위해 여교사들을 이용했다! 비겁한 놈! 정말 비겁한 놈이다! 아, 놈이 무슨 짓을 한 거냐!"

순간 그의 눈길이 불타는 건물 지붕 위에 있는 소방관을 향했다. 불길은 이미 그가 서 있는 지붕을 날름거리고 있었고 주위는 온통 화염에 둘러싸여 있었다. 렘브케가 소리를 질렀다.

"저자를 끌어내려라! 저기서 끄집어내라! 지붕이 무너진다! 불길에 나뒹굴 거다! 불을 꺼라……! 대체 저기서 뭘 하고 있는 거냐!"

"불을 끄고 있습니다, 각하."

"그럴 리 없다. 화재는 머릿속에 들어 있지 지붕 위에 있는 게 아니다. 다른 것 다 제쳐두고 저자를 지붕에서 끌어내려라! 그게 낫다! 그게 최선이다! 다른 것은 그냥 되는 대로 내버려둬라! 아니! 그런데 누가 울고 있는 거냐? 할망구로구나! 할망구가 소리를 지른다! 왜 할망구를 잊어버린 거냐!"

불타고 있는 집 아래층에서 정말로 노인이 소리를 지르고 있었다. 그러나 사람들이 그녀를 잊은 게 아니었다. 그녀는 깃털 이불이라도 끄집어내려고 불붙고 있는 집 안으로 정신없이 뛰어들었던 것이다. 그녀는 부서진 창문 틈새로 이불을 끄집어내려고 애를 쓰며 고함을 지르고 있었다. 렘브케는 어느새 그곳으로 달려가 그녀와 함께 이불자락을 잡아당겼다. 그런데 바로 그때 지붕에서 떨어져 내린 판자 조각이 그의 목덜미를 때렸다. 그는 정신을 잃고 바닥에 쓰러졌다.

이미 음산하고 우울한 새벽이 다가오고 있었다. 화재는 좀 잠잠해졌다. 이어서 보슬비가 내리기 시작했다. 나는 그때 군중 사이에서 이상한 소리를 들었다. 이 거리 끝의 채마밭 너머에 공터가 있었고 그곳에 최근에 세워진 목조건물이 있었다. 그곳은 사람들의 거주지로부터 50보 정도 떨어진 곳이었다. 그런데 화재는 바로 그 건물로부터 시작되었다는 것이었다. 그리고 동틀 무렵 아주 놀라운 사실이 발견되었다. 사람들이 그 집의 불을 끄려고 달려갔을 때 칼에 찔려 살해된 세 명의 시체를 발견했다는 것이다. 희생자는 그 집에 살고 있던 대위와 여동생 그리고 가정부 세 사람이었다. 바로 레뱌드킨과 마리야 그리고 그 집의 가정부였다. 주인의 이야기에 의하면 전날 밤 레뱌드킨은 200루블이나 되는 많은 돈을 자신에게 보여주며 자랑했다는 것이다.

그 외에 한 가지 더 알려진 사실이 있다. 그들을 위해 이 집을 세낸 사람이 바로 니콜라이 프세볼로도비치 스타브로긴이라는 사실이었다.

"이 집에 불이 난 건 우연이 아니야." 누군가 속삭였다.

하지만 대부분의 사람들은 말이 없었다. 모두들 우울한 표정이었지만 흥분하지는 않았다. 하지만 사람들은 목소리를 한껏 낮춰 죽은 여인이 니콜라이의 부인이라는 둥, 어제 그가 이 고장 최고 명문가인 드로즈도바 장군 집의 딸을 유혹했다는 둥, 그 딸과 결혼하기 위해 아내를 죽였으리라는 둥 소곤거렸다.

제3장 로맨스의 끝

1

이곳은 스크보레쉬니키의 홀, 리자가 창가에 서서 새벽노을을 바라보고 있었다. 바르바라와 스테판이 마지막으로 만났던 바로 그 홀이었다. 새벽 5시였고 동이 트고 있었다. 홀에서는 화재 현장이 한눈에 보였다.

그녀는 방 안에 혼자 있었다. 그녀는 어제 입었던, 화려한 레이스가 달린 축제용 녹색 드레스를 여전히 입고 있었다. 하지만 여기저기 구겨진 터라 서둘러 아무렇게나 입었음을 한눈에 알 수 있었다. 그녀는 상의 단추가 제대로 잠기지 않은 것을 알아채고는 얼굴을 붉히며 얼른 옷매무새를 가다듬었다. 그리고 어제 이 집에 도착하자마자 소파 위에 던져놓았던 머플러를 목에 둘렀다. 흐트러진 탐스러운 머리카락이 머플러 아래로 삐져나와 오른쪽 어깨 위에서 물결치고 있었다. 얼굴은 피곤에 지치고 걱정스러워 보였지만 두 눈은 잔뜩 찌푸린 눈썹 아래서 불타오르고 있었다. 그녀는 다시 창가로 다가가 불타는 듯 뜨거운 이마를 차가운 창유리에 갖다 댔다. 문이 열리고 니콜라이가 들어왔다.

"사람을 급히 보냈소. 10분이 지나면 모든 것을 알게 될 거요. 11시부터 불이 붙기 시작해서 이제는 거의 다 진화된 모양이오."

그녀는 등도 돌리지 않은 채 잠시 말없이 그대로 서 있었다.

그녀가 갑자기 등을 돌리더니 소파로 와서 앉았다.

"자, 당신도 앉으세요. 함께 있을 수 있는 시간이 별로 없으니 하고 싶은 이야기를 다 하고 싶어요. 당신은 왜 속 얘기를 안 하려는 거예요?"

니콜라이는 그녀 곁에 앉아 천천히, 최대한 조심스럽게 그녀의 손을 잡았다.

"리자, 그게 무슨 말이야? 왜 갑자기 그런 말을 하는 거지? 우리가 함께 있을 수 있는 시간이 별로 없다니? 잠에서 깬 후 벌써 두 번째로 그 말을 하고 있는 거야.”

“이제야 겨우 수수께끼 같은 내 말에 신경을 쓰기 시작한 건가요?” 그녀가 웃음을 띠고 말했다. “내가 어제 여기 와서 제일 먼저 한 말이 뭔지 알아요? ‘여기 송장이 당신 집에 왔어요’라고 말했어요. 잊고 싶은 말이었나보지요? 아니면 아예 신경도 안 썼든가…….”

“리자, 기억이 안 나. 왜 그런 말을 한 거야? 살아야 해……. 당신이 그런 말을 하면 고통스러워. 리자, 맹세할 수 있어. 난 어제 당신이 내 방에 들어왔을 때보다 지금 당신을 더 사랑해!”

“오, 무슨 이상한 고백이람! 왜 어제를 기준으로 오늘을 판단하는 거예요!”

“리자, 나를 떠나지 않겠지?” 니콜라이가 절망에 찬 목소리로 말을 이었다. “바로 오늘이라도 함께 떠나는 거야. 그럴 수 있지? 그렇지?”

“오늘 어디로 떠나요? 어디선가 새로운 삶을 맞으려고? 아니, 이제 더 이상 시험에 들 수 없어……. 내겐 너무나 느리고…… 맞지도 않아……. 내겐 너무 고상하고……. 간다면 모스크바겠지요……. 전에 내가 스위스에서 고백했지요……. 하지만 당신은 결혼한 몸이고 우리는 어디든 갈 수 없어요……. 그런 이야기는 그만해요."

"리자, 그렇다면 왜…… 왜…… 내게 '그토록 엄청난 행복'을
선사한 거지?"

"어쨌든 당신에게는 아무 책임도 없어요. 여론도 신경 쓸 것
없어요. 내가 어제 당신의 방문을 열었을 때 당신은 누가 들어
오는지도 몰랐으니까요. 그건 순전히 내 변덕 때문이었으니까.
단지 그것뿐이었어요. 당신은 당당하게 눈을 뜨고 의기양양하
게 사람들을 바라볼 수 있어요."

"아, 당신의 표정과 말에서 왜 그렇게 냉기가 뿜어져 나오는
거지? 지금의 행복, 지금 당신에게서 느끼는 사랑, 그게 내게는
전부야. 그런데 지금 당신을 다시 잃으라는 거야? 맹세코, 어제
는 당신을 그만큼 사랑하지 않았어. 그런데 오늘 왜 내게서 모
든 것을 앗아가려는 거지? 이 새로운 희망이 내게 얼마나 값진
건지 알아? 난 그걸 위해 목숨을 지불했어."

"당신과 또 다른 사람의 목숨을?"

그는 몸을 부르르 떨었다.

"그게 무슨 소리야?"

"당신 목숨과 내 목숨을 지불했느냐고 물은 거예요. 아니, 왜
그렇게 벌떡 일어나요? 오, 뭔가 두려운 표정이군요. 맙소사,

아주 하얗게 질렸네요!"

"리자, 당신 뭔가 알고 있지? 내가 목숨을 지불했다고 말한 건, 그런 게 아니야. 난……."

"나는 당신이 무슨 말을 하는지 전혀 모르겠어요."

잠시 후 그의 입가에 천천히 미소가 맴돌기 시작했다.

"악몽이고 헛소리일 뿐이야……. 우리는 전혀 다른 이야기를 하고 있었던 거야."

"난 당신이 무슨 소리를 하는지 모르겠어요……. 당신은 내가 이렇게 당신을 떠나리라는 걸 모르고 있었단 말이에요? 거짓말하지 말고 말해보세요. 몰랐나요?"

"알았어."

"그렇다면 불평할 게 없잖아요. 당신을 그걸 알고 있으면서도 당신 자신을 위해 '한순간'을 받아들인 거니까요. 그런데 실망할 게 뭐 있어요?"

"진실을 말해줘. 그렇다면 당신이 어제 내 방문을 열었을 때 오로지 '한순간'을 위해 왔다는 것을 알고 그랬다는 거야? 어떻게 이런 일이 일어날 수 있었던 거지?"

"아주 진지한 사람이 어처구니없는 질문을 할 수 있다는 말이 맞는군요. 좋아요. 설명해줄게요. 당신 자존심이 상할 건 조금도 없어요. 그저께 내가 많은 사람들 앞에서 당신을 모욕했을 때 당신은 기사처럼 너그럽게 나를 대했지요. 집에 돌아오자마자 나는 알 수 있었어요. 당신이 나를 피하는 건 당신이 결혼했기 때문이지 나를 경멸해서가 아니라는 것……. 난 당신이 무분별한 나를 지켜주기 위해서 오히려 나를 피한다고 생각했어요.

그런데 내가 그런 생각에 잠겨 있을 때 표트르가 불쑥 나타났어요. 그리고 내게 모든 걸 설명해주었어요. 자기나 나 같은 사람은 감히 꿈도 꿀 수 없는 위대한 사상 때문에 당신이 흔들리고 있다고, 자기나 나는 당신이 갈 길에 장애가 될 뿐이라고……. 그리고 동화 같은 환상적인 이야기를 해주었어요. 무슨 러시아 민요에 나오는 작은 배, 단풍나무로 된 노 같은 것들……. 난 환상에 사로잡혔고, 당신이나 나나 '한순간'이면 충분하다고 생각하게 된 거예요. 그 사람이 없었더라도 내가 늘 생각하고 있던 것이기도 해요. 자, 이게 전부예요. 더 이상 아무 말 말아요. 말을 꺼내기만 해도 당신과 다투게 될 것 같아요. 난 당신과 다투기 싫어요. 난 오페라와 동요의 작은 배에 유혹된 것이고, 그게 전부예요."

"오, 리자! 당신 도대체 무슨 짓을 한 거야! 무슨 말을 하고 있는 거야! 오, 이 마음을 열어 보여줄 수 있다면!"

"난 사교계에서 산뼈가 굵은 여자예요. 당신에게는 피비린내 나는 뭔가가 있어요. 난 당신의 간호부가 될 수 없어요. 그런 여자를 원한다면 다샤에게 가세요."

"아니, 지금 그녀 이름을 꼭 말해야만 하겠어?"

"아, 가련한 사람! 그녀를 만나면 안부나 전해줘요. 당신이 그녀를 늘그막에 함께 지낼 사람으로 정해놓고 있다는 걸 그녀가 알고 있나요? 정말 선견지명이야! 정말 현실적이야! 아니, 이게 누구야?"

홀 문이 살짝 열렸다.

"알렉세이 자네인가?" 니콜라이가 충복의 이름을 불렀다.

"아닙니다. 저밖에 없습니다." 표트르가 고개를 빠끔히 내밀고 말했다. "안녕하세요, 리자베타. 두 분 다 여기 계신 줄 알았습니다. 니콜라이, 1분이면 됩니다. 한두 마디 꼭 전할 게 있어서…… 긴한 말입니다……. 그저 두 마디면 됩니다!"

니콜라이는 문 쪽으로 걸어가다가 다시 리자에게 돌아와 말했다.

"리자, 당신이 무슨 소리를 듣게 된다면……. 이걸 알아둬요. 내가 죄인이라는 걸!"

리자는 부르르 떨며 겁에 질린 표정으로 그를 바라보았다. 니콜라이는 서둘러 홀에서 나갔다.

표트르는 홀 옆의 커다란 타원형 객실에서 니콜라이를 기다리고 있었다. 니콜라이는 홀로 향하는 문을 닫고 표트르가 입을 열기를 기다렸다.

표트르는 자신의 눈으로 니콜라이의 영혼을 들여다보려는 것처럼 그를 살피며 입을 열었다.

"이미 알고 있는지 모르겠지만…… 우선 우리 둘 중 누구에게도 잘못이 없습니다. 무엇보다 당신은 무죄입니다. 말하자면 우연의 일치랄까……. 한마디로 법적으로 당신은 아무런 하자가 없습니다. 서둘러 그 사실을 알려주려고 온 겁니다."

"불에 타 죽었소? 아니면 살해되었소?"

"살해되었습니다. 좀 고약하게 된 거지요. 명예를 걸고 하는 말이지만 나는 이 일에 아무 관련도 없습니다. 물론 당신이 슬쩍 언질을 주기에 솔깃했던 건 사실이지만…… 결단은 내리지 못했습니다. 그래봤자 내게 무슨 이득이 있겠습니까?" 표트르는 평소에도 떠벌리기를 잘했지만 지나칠 정도로 촐싹거리고 있었다. "내가 그 술주정뱅이 레뱌드킨에게 230루블을 주었죠.

순전히 내 돈이었습니다. 그저께였습니다. 어제가 아니라 그저께라니까요. 이거 굉장히 중요한 사실입니다. 리자베타가 당신에게 갈지 안 갈지 모르는 상태였다니까요. 왜 주었냐고요? 당신이 비밀을 사람들에게 공표했기 때문이지요. 그 오누이를 어쨌든 여기서 쫓아내야 했습니다. 당신을 위해서 말입니다.

난 그 일을 리푸틴에게 맡겼지요. 아, 그런데 레뱌드킨이 어디선가 술을 마시고 잔뜩 취해버린 겁니다. 그리고 낭독회에서 그런 해프닝이 벌어졌지요. 실은 리푸틴이 술에 잔뜩 취한 그놈에게 돈 몇 푼만 남겨놓고 200루블은 슬쩍했어요. 그리고 놈을 집에 보냈지요. 그런데 레뱌드킨은 이미 아침에 주머니에서 돈을 꺼내어 여기저기 자랑한 겁니다. 아시겠지만 페디카가 기다리던 기회가 온 거지요. 그런 후 페디카가……. 그런데 그놈의 화재는 도대체 뭔지……. 나도 정말 영문을 알 수 없어요. 사실 결정적인 순간에 그런 일이 꼭 필요하다고 염두에 두고는 있었지만……. 그런데 입을 틀어막고 숨을 죽이고 있어야 할 이때에…… 어떤 바보 같은 놈들이 성급하게 일을 저지른 겁니다. 단속을 잘했어야 하는데……. 만일 '우리 동지들' 중 누군가가 연루되어 있다면 정말 큰일입니다. 어쨌거나 사람들은 당신이 아내를 죽여야 했기에 방화를 저질렀다고 나불대고들 있지만……."

"정말 그렇게들 떠들고 있소?"

"아니, 뭐 아직 그렇게까지는 아니지만……. 실은 아직 저도 들은 건 없습니다. 하지만 사람들이 어떤지 잘 아시잖아요. 특히 재난을 겪은 뒤에는…… 민심이 천심 아니겠습니까? 하지만 곧 수그러들 겁니다. 그리고 당신은 양심상으로나 법적으로나 두려울 게 하나도 없습니다. 당신은 그런 짓을 원하지 않았잖아요. 그렇지 않습니까? 증거도 없고 오로지 우연의 일치일 뿐이지요. 페디카 그놈이 무슨 헛소리를 할지 모르지만 그는 오늘 처리할 겁니다. 어쨌거나 당신에게는 잘된 일 아닌가요? 이제 자유로운 홀아비가 되었으니 언제고 원하기만 하면 돈 많고 예쁜 아가씨와 결혼할 수 있게 되지 않았습니까? 게다가 무슨 우연인지 그 여인이 이미 당신 손 안에 있지 않습니까? 일이 어떻게 이렇게 맞아떨어지는지 원."

"당신, 그 멍청한 머리로 나를 협박하고 있군."

"어휴, 됐습니다. 곧장 나를 멍청이 취급하다니! 그 말투는 또 뭡니까? 얼씨구 춤을 추어야 할 판에! 뭐요? 내가 당신을 협박한다고! 아니 뭘 얻겠다고? 내가 필요한 건 당신의 자유의지입니다. 당신은 빛이고 태양이니……. 내가 죽도록 두려워하는 게 바로 당신이란 말입니다. 당신이 나를 두려워해야 할 게 아니라……. 내가 마브리키도 아닌데……. 참, 마차로 오다 보니까 울타리 뒤에 마브리키의 모습이 보이더군요. 온몸이 흠뻑 젖어 있는 걸로 봐서 밤새 거기 있었던 모양입니다. 정말 대단해! 어떻게 한 남자가 저 정도로 돌아버릴 수 있는 거지!"

"뭐? 마브리키 니콜라예비치? 그게 정말이오?"

"정말이에요. 그도 나를 본 것 같아요. 조심하세요. 권총이라도 지니고 있으면 그보다 위험한 게 어디 있겠습니까? 아무튼 당신은 리자에게 가세요. 이제 자유로운 몸인데 망설일 것 없잖습니까? '작은 배' 이야기를 해주었더니 홀딱 넘어가는 걸 보면 그 아가씨도 그저 그 정도구나 싶더라고요. 그저 1년만 지나면 시체고 뭐고 다 잊고……. 하하하, 물론 바가지는 좀 긁겠지요."

"당신 마차를 타고 왔겠지? 당장 그녀를 마브리키에게 데려다줘. 나를 더 이상 참아낼 수 없다고, 당장 떠나겠다고 방금 내게 말했어."

"뭐요? 그게 사실입니까? 그녀가 떠난다고요? 아니, 어쩌다 그 지성이 뇌었시요?"

"어쨌든 내가 그녀를 진심으로 사랑하지 않는다는 걸 알게 됐나보지. 전에도 알았겠지만⋯⋯."

"아니, 당신이 그녀를 사랑하지 않는다고요? 아니 그렇다면 어제 그녀가 왔을 때 그 말을 해주지 않고 그냥 그녀를 받아들인 겁니까? 정말 비열한 짓을 저질렀군요. 내가 얼마나 우스운 짓을 하게 만든 겁니까!"

니콜라이는 갑자기 발작적으로 웃음을 터뜨렸다. 그러자 표트르가 말을 이었다.

"좋습니다. 난 그저 당신을 즐겁게 해주기 위해 그녀를 데려다준 거니까."

"그래, 순전히 나를 즐겁게 해주기 위해 그녀를 내게 데려왔다 이거요?"

"그게 아니라면 뭐란 말입니까?"

"내가 내 아내를 죽일 결심을 하도록 그런 게 아니었나?"

"어럽쇼. 그렇다면 당신이 그녀를 죽였단 말인가요? 오, 비극적인 인간!"

"당신이 그녀를 죽였지. 실은 마찬가지이지만⋯⋯."

"아니, 내가 죽였다고요? 난 이 사건과 아무 관련도 없다고 말했잖아요. 그나저나 당신 때문에 슬슬 불안해지는데요. 좋아요. 리자를 마브리키에게 넘겨주지요. 혹시 그를 이곳에 데려온 것도 제가 아닌지 의심은 않겠지요? 그런 생각일랑 아예 마세요. 지금은 그가 무서울 지경인데요. 자, 내가 그녀를 마브리키에게 데려다주겠어요. 그나저나 살해된 사람들에 대해서는 굳이 그녀에게 말해주지 않는 게 낫겠지요? 얼마 지나지 않아 저절로 알게 될 테니까요."

"뭘 알게 된다는 거지요? 누가 살해되었다는 거예요?" 리자가 홀에서 나오며 물었다.

"아, 당신 엿듣고 있었군요." 표트르가 놀란 척했다.

"지금 마브리키 이야기도 하셨지요? 그가 살해됐어요?" 그녀는 사뭇 걱정스러운 표정이었다.

"아, 제대로 다 들은 건 아니군요. 진정하세요. 그 사람은 건강하게 살아 있어요. 지금 정원 울타리 곁에 앉아 있으니까……."

"아니, 그렇다면 누가 살해되었다는 거예요?"

"나의 아내와 그녀의 오빠 레뱌드킨 그리고 그들의 하녀가 살해되었을 뿐이오." 니콜라이가 단호한 어조로 선언하듯이 말했다.

"화재를 이용한 강도 살인입니다. 유형수 페디카가 한 짓이지요. 레뱌드킨이 바보처럼 돈 자랑을 해대는 바람에 벌어진 일입니다."

"사실인가요? 이 사람 말이 사실인가요?" 얼굴이 창백해진 리자가 겨우 입을 열어 물었다.

"아니오. 전혀 사실이 아니오." 니콜라이가 대답했다.

"이거 원, 무슨 소리를! 지금 저 양반 정신이 없어서 헛소리 하는 겁니다. 하긴 아내가 살해되었으니 그럴 만도 하지…….리자, 저 양반, 당신과 밤새 함께 있지 않았습니까?"

"오, 니콜라이! 하느님 앞에서 똑바로 말해주세요. 맹세코 당신의 말을 믿겠어요. 오, 이 세상 어디까지라도 당신을 따라가겠어요. 언제까지나 함께하겠어요. 개처럼 졸졸 따라다니겠어요……."

"아니, 왜 이 여자를 괴롭히는 겁니까?" 표트르가 니콜라이에게 고함을 질렀다. 이어서 그가 리자에게 말했다. "이 사람은 죄가 없어요. 오히려 살해당한 것과 같아요! 보세요! 이렇게 헛소리를 하고 있잖아요! 모든 게 강도 놈들 짓이라니까요!"

"정말인가요? 그게 정말이에요?" 리자가 몸을 파르르 떨면서 마치 최후의 선고를 기다리듯 니콜라이를 쳐다보았다.

"나는 그들을 죽이지 않았고, 이 범죄에 반대했소. 하지만 그들이 살해되리라는 걸 알고 있었으면서도 살인을 막지 않았소.

리자, 나로부터 멀리 떠나요." 니콜라이는 그 말을 마치고 안으로 들어갔다.

리자는 얼굴을 감싼 채 밖으로 뛰쳐나갔다. 표트르는 그녀를 뒤쫓아 가려다가 니콜라이를 따라 홀로 들어왔다.

"아니, 정말 이러깁니까? 아무것도 두렵지 않단 말입니까? 당신, 정말 미친 거 아닙니까? 모두 밀고하고 당신은 수도원에나 들어가겠다, 이건가?"

한동안 멍하니 있던 니콜라이는 갑자기 정신을 차린 듯 그에게 말했다.

"어서 나가봐! 당신 마차로 그녀를 집에 데려다줘. 절대로 시체 있는 곳에 가지 못하게 해."

"에잇, 바보 같으니! 나의 반쪽까지 이렇게 어릿광대인 건 참을 수가 없군!"

니콜라이는 그의 말을 충분히 알아들었다. 어찌 보면 그만이 알아들을 수 있는 말이기도 했다. 니콜라이가 그에게 말했다.

"자, 제발 나를 내버려두고 썩 꺼지시오. 내일이면 내가 결심을 할 수 있을지도 모르니. 그러니 내일 오도록."

"오, 정말인가요? 정말로?"

"몰라! 어서 썩 꺼지지 못해!"

표트르는 홀에서 나가버렸다.

'어쩌면 더 잘된 일인지도 몰라.' 표트르는 혼잣말로 중얼거렸다.

2

표트르는 밖으로 나와 곧 리자를 따라잡았다. 그는 그녀를 마차에 태워 집으로 데려가려 했다. 하지만 그녀는 그를 뿌리치고 진흙탕 속을 달려나갔다. 그러다 그녀는 진흙탕 속에 그대로 넘어졌다. 그때 "오, 맙소사!" 하는 비명이 들리더니 한 남자가 헐레벌떡 뛰어오는 것이 보였다. 마브리키였다. 그 모습을 보고 표트르는 자기 마차가 있는 쪽으로 발걸음을 옮겼다.

마브리키의 눈에서 눈물이 줄줄 흘러내리고 있었다.

"리자, 난 아무것도 모르는 놈이오. 하지만 나를 당신에게서 멀리 떼놓지 말아주오."

"오, 그래요! 어서 빨리 가요! 나를 버리지 말아주세요!"

그녀는 그의 팔을 잡더니 자기 쪽으로 끌어당겼다. 그러고는 갑자기 목소리를 낮추고 겁에 질린 듯 말했다.

"오, 마브리키! 나는 지금까지 자신감에 넘쳐 있었어요. 하지만 지금은 죽음이 두려워요. 전 죽을 거예요. 곧 죽을 거예요. 하지만 난 죽음이 두려워요."

"오, 누구든 지나가는 사람이 있다면! 당신 발이 흠뻑 젖었어요. 오, 마차를 만날 수만 있다면! 아, 당신, 정신을 잃겠어요."

"아니에요, 정말 괜찮아요. 이렇게 당신이 있으니 아무것도 두렵지 않아요. 내 손을 잡고 나를 이끌어주세요. 우리…… 우리…… 이제 어디로 가지요? 집으로? 아니에요. 먼저 희생자들을 보고 싶어요. 누군가 그의 아내를 찔러 죽였대요. 그런데 그 사람은 자기가 죽인 거나 마찬가지래요. 사실이 아니겠지요? 그 희생자들을 직접 보고 싶어요. 오, 마브리키, 나를 용서하지 말아요. 이 부정한 계집을! 어떻게 나를 용서하겠어요? 당신, 왜 우는 거예요? 내게 따귀를 날리고 이 들판에서 개처럼 죽게 해줘요!"

"이제 아무도 당신을 심판할 수 없어요! 하느님이 용서해주셨으니! 더욱이, 나는 그 누구보다도 당신을 심판할 수 없어요!" 그가 단호한 어조로 말했다.

그들의 대화는 일일이 옮기기 힘들 정도로 이상했다고 보는 것이 옳을 것이다. 그런 비정상적인 이야기를 나누면서 둘은 손을 잡고 힘겹게 화재 현장을 향해 걸음을 옮겼다. 여전히 가랑비가 내리고 있었고 사방이 형체를 구분할 수 없을 정도로 어두웠다. 밤은 벌써 오래전에 지나간 것 같았지만 여전히 동은 트지 않고 있었다. 그때 차가운 안개 속에 누군가 걸어오고 있는 모습이 보였다. 내가 리자의 처지였더라도 두 눈을 의심했을 것이다. 그녀는 그의 모습을 알아보고 기쁨의 탄성을 질렀다. 그는 바로 스테판 트로피모비치였다.

그는 도대체 어떻게 이곳에 나타난 것일까? 무작정 도망가고 싶다는 그의 미친 생각이 어떻게 실현된 것일까? 하지만 그 이야기는 나중에 하기로 하자. 다만 그는 아침부터 열병에 시달렸고 병조차 그를 잡아두지 못했다는 이야기만 해두자.

그는 이른바, 여장(旅裝)을 갖춘 모습이었다. 두툼한 외투를 입고 있었고 버클이 달린 가죽 혁대를 허리에 두르고 있었으며 목이 긴 새 장화를 신고 바짓단을 장화 속에 욱여넣고 있었다. 거기에 챙이 넓은 모자를 쓰고 있었으며 털목도리로 목을 휘감고 있었고 오른손에는 지팡이를 왼손에는 뭔가를 쑤셔 넣은 작은 손가방을 들고 있었다. 게다가 우산까지 들고 있어 짐들을 아주 힘겨워하고 있었다.

"오, 정말 선생님이세요?"

그녀의 모습을 알아보자 스테판은 반가움에 그녀를 향해 달려왔다. 그는 평소 버릇대로 프랑스어를 섞으며 소리쳤다.

"오, 나의 사랑스런…… 사랑스런…… 리자! 안개가 이렇게 자욱한데! 오, 리자, 불행해 보이는구나! 훤히 알 수 있어. 하지만 아무 말도 하지 마. 내게 묻지도 말고. 우리는 모두 불행해. 하지만 모두 다 용서해줘야 해. 리자, 모두 용서하자. 이 세상과 모든 것을 끝내고 진정으로 자유로워지기 위해서!"

그는 눈물을 흘리며 무릎을 꿇었다.

"아니, 선생님! 왜 무릎을 꿇으시는 거예요!"

"이 세상과 작별하면서 그대 앞에서 내 모든 과거에 안녕을 고하기 위해! 내 생애 아름다웠던 모든 것 앞에 나는 무릎을 꿇는다. 입을 맞추며 감사하다고 말한다. 이제 나라는 존재는 두 동강이 났다. 하나는 하늘로 날아오르려는 꿈을 꾸던 광인! 그것도 22년 동안이나! 다른 하나는 지금의 나, 살해된 늙은이, 얼어붙은 늙은이! 상인 집에서 가정교사로 지내야 하는 지금의 나! 그런데 리자, 이 들판에서 그런 드레스를 입고…… 어디로 가는 거야? 그것도 걸어서……. 아니, 울고 있잖아!"

"선생님, 저기 살인이 있었다고 하던데, 뭔가 들으신 게 있으세요? 그게 정말인가요?"

"오, 그놈들! 그래, 난 밤새 놈들이 피워 올린 불꽃을 보았지. 다른 식으로는 끝낼 수가 없었던 거야. 나는 열에 들뜬 자들의 유치한 꿈을 피해 도망가는 거야! 러시아를 찾기 위해 달려가는 거야! 오, 러시아는 존재하는가! 오, 마브리키 당신이군요. 당신 이야기는 많이 들었지. 어디선가 고귀한 위업을 이룬 당신을 다시 만나게 되리라고 믿어요."

리자가 마브리키의 손을 잡고 다시 길을 가려다가 잠시 멈춰서서 말했다.

"오, 가엾은 선생님! 선생님을 위해 성호를 긋게 해주세요. 선생님을 붙잡고 싶지만 성호를 그어드리는 게 나을지도 몰라요. 선생님도 불쌍한 리자를 위해 기도해주세요……. 자, 이제 어서 가요."

스테판과 헤어진 그들은 그 숙명적인 집에 도착했다. 이미 군중은 니콜라이 스타브로긴이 아내를 찔러 죽일 필요가 있어서 그런 짓을 저지른 것이라는 이야기를 신물 나게 나눈 뒤였다. 그때 나는 그 군중 속에 섞여 있었다. 나는 그녀가 그곳에 도착하는 장면을 보지 못했다. 다만 그녀의 모습을 멀리서 알아보고 경악했을 뿐이었다. 나는 마브리키의 모습은 알아보지 못했다.

그들은 사람들 사이를 헤치고 앞으로 나아갔다. 그녀의 특이한 행색은 당연히 사람들의 이목을 끌었다. 순간 누군가가 소리쳤다.

"스타브로긴의 계집이다!"

다음 장면은 정말 묘사하고 싶지 않다. 다만 누군가의 손이 번쩍 치켜 올라갔다가 그녀를 내리치는 것을 보았다고만, 그녀가 비명을 지르며 쓰러졌다 다시 일어났고 한 대 다시 맞은 후 다시 쓰러졌다고만 간단히 말하고 싶다. 마브리키가 그 사내에게 달려들었지만 사람들이 그를 피투성이가 되도록 두들겼다고만 말하고 싶다.

나는 그 이후는 기억나지 않는다. 다만 사람들이 갑자기 리자를 데려간 것만, 내가 그곳을 향해 달려간 것만 기억날 뿐이다. 리자는 아직 숨을 쉬고 있었고 의식을 잃지 않고 있었을 것이다.

나중에 나는 법정에서 용의자 세 명이 모두 술에 취해 있었으며 미리 계획된 범행이 아니라 우연한 사고라고 진술했다. 나는 지금까지도 그렇게 생각하고 있다.

제4장 마지막 결단

1

그날 아침 표트르의 모습이 많은 사람들의 눈에 띄었다. 훗날 사람들은 그가 이상할 정도로 흥분해 있었다고 말했다.

그날 오후 2시, 그는 가가노프의 집으로 갔다. 혹시 가가노프의 이름을 잊은 사람이 있을지 몰라, 얼마 전에 니콜라이와 결투를 했던 바로 그 사람이라는 것을 다시 밝힌다. 그는 방금 시골에서 돌아온 참이었다. 표트르의 예상대로 그곳에는 많은 사람들이 모여 있었다.

그는 그곳에서 모든 사람들이 도통 영문을 모르겠기에 궁금해하는 것을 화제로 삼아 사람들을 사로잡았다. 바로 율리야에 관한 이야기였다. 그는 산더미처럼 쌓인 의혹을 어쩔 수 없이 고통스럽게 설명해야만 하는 정직한 사람의 연기를 기막히게 해냈다. 그는 마치 이야기를 어떻게 시작해서 어떻게 끝내야 할지 갈피를 못 잡는 척했다.

그는 어쩌다 그런 말이 튀어나온 것처럼, 율리야가 니콜라이 스타브로긴의 비밀을 모두 알고 있다고, 그녀가 이 모든 음모의 주동자라고 은근슬쩍 흘렸다. 그는 레뱌드킨의 비극적인 사건도 전적으로, 돈을 사람들에게 보여주고 다닌 그의 잘못일 뿐이라고 말했다. 사람들은 그에게 궁금한 점을 이것저것 물어보았고 그는 그때마다 머뭇거리는 척하면서 명쾌하게 대답했다. 사람들은 대체로 그의 이야기를 믿는 쪽이었다. 아마 그가 영리한 사람이라고 사람들이 생각하고 있었다면 그들은 그의 말을 전폭 신뢰하지 않았을 것이다. 하지만 사람들은 그를 좀 덜떨어지고 속이 비어 있는, 떠벌리기 좋아하는 하찮은 대학생 쯤으로 생각하고 있었기에 그의 말을 믿었다. 멍청한 연기는 언제 어디서나 통하는 법이다.

한편 비슷한 시각, 니콜라이 스타브로긴이 갑자기 페테르부르크를 향해 떠났다는 소문이 돌았다. 그 소식은 당장 사람들의 호기심을 자극했다. 사람들은 눈썹을 찌푸렸다. 그 소식을 들은 표트르는 너무나 충격을 받아 안색이 바뀌면서 이렇게 부르짖었다고 한다.

"아니, 도대체 누가 그를 빼돌린 거야!"

그는 즉시 가가노프의 집을 뛰쳐나와 미친 듯 이곳저곳 뛰어다녔다. 하지만 그 어디에서도 니콜라이의 모습은 발견할 수 없었다.

저녁 7시가 넘어 어둑어둑해졌을 때 '우리 동지들' 전원이 에르켈 해군 소위 집에 모였다. 에르켈은 비르긴스키 집에서의 모임에도 왔던, 외지 출신 젊은 장교였다. 잠시 이곳에 머물게 된 그는 인적이 드문 골목에 방을 하나 얻어 지내고 있었기에 그들이 모여 작당을 하기에 안성맞춤이었다. 에르켈은 5인조에 속하는 인물은 아니었다. 5인조에 속한 사람들은 그를 무슨 특별한 임무를 띤 사람으로 생각했지만 사실은 전혀 아니었다. 그는 표트르를 몇 번밖에 만나지 않았지만 이내 그의 광신도가 되었고 그의 지시를 무조건 따랐다. 젊음이란 언제나 거창한 명분으로 포장된 사람의 광신도가 될 만한 어리석은 순수함을 지니고 있는 법이 아닌가! 그는 명분을 구실 삼아 길에서 제일 먼저 만나는 농부를 살해하라고 표트르가 명령하더라도 그대로 실행할 사람이었다. 그는 '조숙한 괴물'을 만난 불운한 젊은이일 뿐이었다.

'우리 동지들'은 벌써 한 시간 가까이 표트르를 기다리고 있었다. 만날 시각과 장소를 자신이 정해놓았으면서도 그는 약속을 지키지 않았다. 그를 기다리는 동안 '우리 동지들'은 극도로 흥분해 있었다. 그들은 지난밤에 일어난 사건에 충격을 받아 거의 공황 상태에 빠져 있었다. 그들이 그토록 열심히 조직적으로 준비해온 일이 전혀 예상치 못한 스캔들로 끝나버렸기 때문이었다. 그들이 노린 것은 단순히 혼란을 불러일으키는 것이었다. 그런데 엄청난 화재, 레뱌드킨의 살해, 리자에 대한 군중들의 야만적인 행동이 벌어진 것이다. 그 일련의 사건들은 그들의 계획상으로는 전혀 예상할 수조차 없던 놀라운 일들이었다. 그들은 그들을 조종해온 보이지 않는 전제(專制)적인 손을 목청껏 비난했다. 간단히 말해 표트르를 기다리는 동안 그에게 모든 것에 대한 해명을 요구하기로 암묵적으로 합의를 본 것이다. 그들은 조직 해체도 불사할 기세였다.

표트르는 8시 반이 되어서야 도착했다. 그는 회원들의 표정이 심상치 않은 것을 눈치채고 조소 어린 눈길로 '동지들'을 바라보며 말했다.

"내가 입을 열기 전에 어디 가슴속 이야기들을 먼저 꺼내 보이시지요."

리푸틴이 먼저 나서서 모든 것을 탁 털어놓고 말하라고, 한 사람이 모든 것을 좌지우지하고 나머지가 꼭두각시에 불과하다면 한 사람의 잘못으로 모두 걸려들게 될 것 아니냐고 한바탕 불만을 늘어놓았다.

"젠장, 그래 당신이 원하는 게 도대체 뭐요?"

"니콜라이 스타브로긴의 그 하찮은 연애 사건이 우리의 공통의 과업과 도대체 무슨 관련이 있는 거요? 그가 비밀스럽게 중앙 조직과 연관이 있다고 칩시다. 그런 조직이 있는지도 모르겠지만……. 그래, 있다고 칩시다. 그래도 우린 그런 건 상관이 없소. 살인 사건이 일어났고 경찰이 눈을 부릅뜨고 있어요. 실마리를 따라오다보면 우리들에게까지 손이 미칠 거요."

표트르는, 레뱌드킨에게 얌전히 돈을 전해주고 그를 페테르부르크로 떠나보냈으면 아무 일도 없었을 것 아니냐, 당신도 살인 사건과 관련이 있다, 라며 오히려 리푸틴을 몰아붙인 후 주머니에서 편지 한 장을 꺼내어 건네주었다. 레뱌드킨이 렘브케 지사에게 보낸 익명의 제보 편지였다.

편지를 읽어본 리푸틴은 깜짝 놀랐다.

"아니, 이게 진짜 레뱌드킨이 쓴 거요?" 쉬갈료프가 물었다. 필적 감정에 일가견이 있는 민중 전문가 톨카첸코가 편지를 살펴보더니 레뱌드킨의 필적이 맞는다고 확인해주었다.

"뭐, 정보 제공 차원에서 여러분에게 보여준 거요. 어쨌든 페디카가 우연히 우리를 위험에서 구해준 거지요. 더 이상 그 일은 왈가왈부하지 맙시다. 대신 내가 여러분에게 묻고 싶은 게 있소." 그는 위엄에 찬 목소리로 말했다. "여러분은 왜 명령받지 않은 일을 저지른 거요? 왜 불을 지른 거요?"

"뭐라고요? 아니 도대체…… 우리가 불을 질러? 무슨 말도 안 되는 소리를!" 일동이 거의 일제히 소리를 질렀다.

"난, 여러분들 중의 세 명이 쉬피굴린 직공들에게 불을 지르도록 꼬드겼다는 증거를 갖고 있습니다."

"아니 그게 누구란 말이오?"

그러자 표트르는 톨카첸코가 방화범으로 확인된 직공 한 사람과 만나 이야기를 나누었던 사실을 폭로했다. 그러자 톨카첸코가 펄쩍 뛰었다.

"아니, 무슨 그런 소리를! 그냥 술집에서 우연히 만났을 뿐인데……. 그가 아침에 싸움을 벌여 실컷 두들겨 맞았기에 그냥 한마디 했을 뿐인데……. 그 말 한마디로 마을에 불이 붙을 수 있단 말이오? 게다가, 난 구석에서 그저 속삭였을 뿐인데 그걸 당신이 어떻게 알고……."

"내가 그 탁자 밑에 앉아 있었지. 아아, 여러분, 조용히 하시오." 표트르는 엄한 표정으로 좌중을 둘러보았다. "난 여러분의 일거수일투족을 다 알고 있소. 리푸틴 씨, 웃으시는군요? 하지만 예를 들어, 사흘 전 당신이 침실에서 잠자리에 들면서 부인의 머리카락을 잡아 뽑은 걸 난 알고 있거든."

리푸틴은 입을 쩍 벌리더니 새하얗게 질렸다.

(표트르가 그의 돈을 받고 스파이 짓을 한 리푸틴의 하녀를 통해 그 이야기를 들었음이 나중에 밝혀졌다.)

그러자 쉬갈료프가 자리에서 일어났다. 그는 한참 장광설을 늘어놓더니 표트르가 결론이 뭐냐고 재촉하자 이렇게 말했다.

"자, 거두절미하고 묻겠소. 도대체 당신 불만이 뭐요? 이 모든 게 당신 프로그램이 아니었소? 왜 우리를 비난하는 거요?"

"당신들에겐 규율도 없기 때문이지! 제멋대로 행동하니까!" 표트르가 화를 내며 말했다. "내가 여기 있는 동안은 감히 내 허락 없이 행동하면 안 되오. 자, 이제 그 문제는 그만 이야기합시다. 더 중요한 게 있으니. 우리는 위험한 지경에 놓여 있소. 누군가 우리를 배반하고 밀고할 거요. 내일, 아니 바로 오늘 밤

우리는 체포당할지도 모르오. 당신들에게 해주고 싶은 말은 바로 그거요. 믿을 만한 정보가 있소."

　모두들 놀란 입을 다물지 못했다. 표트르가 일침을 놓듯 말했다.

　"우리는 방화범으로서뿐 아니라 비밀 조직 멤버로서 체포되는 거요! 고발자는 우리 조직에 대해 샅샅이 알고 있어! 이게 당신들의 경거망동의 결과라니까!"

　"분명 니콜라이다!" 리푸틴이 소리쳤다.

　"니콜라이? 에잇, 빌어먹을! 무슨 그따위 소리를!" 표트르가 재빨리 그의 말을 반박했다. "그건 샤토프라고!"

　"그럴 리가!" 모두의 흥분이 절정에 달했다.

　"아무튼 나는 확실한 정보를 갖고 있소. 이제 내 말을 믿고 따라야 하오. 내가 그를 설득해서 하루 정도 지연시킬 수는 있을지 몰라도 그 이상은 안 되오."

　"그렇다면 어떻게 하지?" 리푸틴이 중얼거렸다. 그러자 그 말을 받아 표트르가 자신의 계획을 털어놓았다. 그가 보관하고 있는 인쇄기를 돌려받는다는 명목으로 밤에 그를 인쇄기가 숨겨져 있는 곳으로 유인한 다음 그를 살해하자는 것이었다. 그는 조직원들에게 확신을 심어주기 위해 샤토프가 최근에 보인

모호한 태도를 부연 설명했다.

"그다음에는 어떻게 할 겁니까?" 이번에도 리푸틴이 물었다.

그는 독자 여러분이 이미 알고 있는 사실을 이야기했다. 키릴로프가 권총 자살을 할 계획이니, 그를 설득해서 모든 것이 그의 책임이라는 쪽지를 남기고 자살하게 만든다는 것이었다. 그는 그 쪽지를 자기와 함께 쓰기로 이미 키릴로프와 약속이 되어 있다고 말했다.

"더 이상은 질문을 마시오. 자살하겠다는 키릴로프의 결심은 철학적이라서 확고부동하오. 그는 샤토프와 함께 아메리카에 다녀왔고, 거기서 다툼이 있었다고 쓰게 만들 작정이오. 여하튼 모든 일을 그의 책임으로 만들 내용을 구상 중이오. 아무튼 이렇게 한가하게 여러분의 사소한 걱정에 대해 일일이 해명하고 있을 시간이 없소. 어쨌든 여러분이 절대적으로 복종하지 않는다면 연맹은 붕괴될 것이며 그것은 전적으로 여러분 책임이라는 사실을 명심하시오."

모두들 자리에서 일어났다. 표트르는 인쇄기가 숨겨져 있는 장소를 모두에게 말해주었고 역할이 분배되었다. 표트르는 리푸틴과 함께 키릴로프를 만나러 급히 갔다.

2

표트르가 일당들을 다소 난폭하게 다룬 것에 대해서는 약간의 설명이 필요하다. 그의 난폭함에는 그들을 일거에 장악하고자 하는 의도도 숨어 있었지만 실은 니콜라이의 느닷없는 도주에 넋을 빼앗겼기 때문이기도 했다. 하루 종일 무슨 소식이라도 들을까 정신없이 뛰어다녔지만 아무 소득이 없어 그는 흥분한 상태였고, 바로 그 상태에서 조직원들을 만난 것이다.

또한 그는 샤토프가 밀고하리라고 확신하고 있었다. 그는 조직원들을 확신시키기 위해, 한 번도 본 적이 없으며 실제로 존재하지도 않는 밀고장을 실제로 보았다는 등 거짓말을 했지만 샤토프가 밀고하리라는 사실에 대해서는 조금도 의심해본 적이 없었다.

필리포프 집에 가까이 이르렀을 때 표트르와 리푸틴은 샛길로 접어들었다. 아니, 보다 정확히 말한다면 샛길이라기보다는 담장 밑에 난, 길 같지 않은 길이라고 하는 게 옳았다. 담장의 으슥한 모퉁이에 이르자 표트르는 판자 한 장을 들어올렸다. 구멍이 보이자 표트르는 그 안으로 미끄러져 들어갔다. 리푸틴은 깜짝 놀랐지만 곧바로 표트르의 뒤를 따랐다. 페디카가 키릴로프의 집으로 드나들던 비밀 통로였다.

"우리가 여기 있다는 걸 샤토프가 알면 안 돼요." 표트르가 리푸틴의 귀에 대고 준엄한 목소리로 속삭였다.

그들이 안으로 들어가니 키릴로프는 이 시간이면 늘 그러듯이 소파에 앉아 차를 마시고 있었다.

키릴로프를 보자 표트르는 단도직입적으로 말했다.

"당신은 정확한 사람이지요. 바로 그 때문에 내가 왔습니다."

"오늘?"

"아니, 내일. 내일…… 이 시간쯤에…….."

키릴로프가 잠시 불안한 모습을 보였다. 그러나 그는 곧 안정을 되찾았다. 표트르는 의자에 앉으며 말했다.

"이 사람들이 통 믿으려 들지를 않아서요. 내가 리푸틴과 함께 왔다고 화난 건 아니겠지요?"

"오늘은 괜찮지만 내일은 혼자 있고 싶소."

"좋아요. 전에 약속한 대로 나랑 단둘이 있으면 돼요."

"난 약속을 지킬 거요. 어쨌든 당신 같은 추악한 짐승이 곁에 있다는 게 싫을 뿐이오."

"아무려면 어때요. 아무튼 걱정 말아요. 당신이 원한다면 그

때 나는 밖에 나가 서 있을 테니. 자살하는 마당에 그런 사소한 게 걱정이 된다면 들어드려야지……. 좀 좋지 않은 징후이긴 한데……. 내가 밖에 나가 있는 동안 저놈은 아무것도 이해하지 못한다, 저놈은 형편없이 급이 낮은 놈이다, 그렇게 생각하고 있으라고요."

"당신이 나보다 형편없이 급이 낮을 건 없지. 수완도 좋고……. 하지만 당신이 이해할 수 없는 게 너무 많아. 당신은 비열하니까."

"그래요, 난 당신 이론에 대해 아무것도 이해하지 못하는 인간이에요." 표트르는 시계를 들여다보며 말했다. "하지만 그 이론이야 우리를 위해 만든 게 아니니 우리가 요구하건 안 하건 당신이 실천하리라는 건 알고 있죠. 당신이 관념을 흡수하고 지배하는 게 아니라 관념이 당신을 흡수하고 지배한다는 것 정도도 알고 있고. 그러니 당신의 실천을 늦추지 않으리라는 것도 알고 있지요."

"관념이 나를 흡수했다? 멋진 말이로군. 어쨌든 나는 자랑스럽소."

"맞아요. 당신은 자랑스러워야 해요. 자, 이제 가봐야겠어요. 그놈을 만나봐야겠으니."

"아니, 그를 만나러 어디 간다는 거요. 바로 여기 있는데."

"아니, 여기에? 어디 있다는 거요?"

"부엌에 앉아 술을 마시고 있소."

키릴로프는 어두운 방으로 통하는 옆문을 열었다. 그 방에서 세 계단쯤 내려가면 부엌이 있고 부엌 한구석에 칸막이가 쳐진 작은 방이 따로 있었다. 평소에 하녀가 기거하는 방이었다. 페디카는 바로 그 방에 앉아 술을 마시고 있었다.

그의 모습을 보자 표트르는 단숨에 뛰어 내려가며 고함을 질렀다.

"뭔 짓을 한 거야! 왜 명령을 기다리지 않고!" 그는 주먹으로 탁자를 내리쳤다.

페디카는 아랑곳하지 않고 딴청만 피웠다. 표트르가 계속 으르렁거렸다.

"대체 기차를 탈 생각이 있는 거야, 뭐야? 여권도 없고 돈도 없으면서!"

"이봐, 표트르! 너는 처음부터 계속 나를 속였어. 뭐, 나도 네 놈이 잡놈인 건 다 알고 있었지만. 너는 내가 보기에도 악당이고 이(蝨) 같은 해충일 뿐이야. 너는 내 손으로 무고한 사람 피를 흘리게 하려고 거액을 약속했어. 스타브로긴 씨도 관계가 있다고 너스레를 떨면서……. 하지만 전부 뻔뻔스러운 거짓말이었지. 나는 손에 돈을 쥐지도 못했고, 스타브로긴 씨는 너의 귀싸대기를 갈겼을 뿐이지. 내가 다 알아. 너야말로 살인자야. 너는 하느님을 믿지 않지? 그것만으로도 네놈이 어떤 놈인지는 다 알 수 있어. 너 같은 놈은 고작해봐야 우상숭배자일 뿐이라고!"

"이 주정뱅이야! 성상을 훔쳐대는 도둑놈 주제에 하느님 어쩌고저쩌고 설교를 해!"

"이봐, 난 진주를 훔쳤을 뿐이야. 너, 이런 거 알아? 바로 그 순간 흘린 내 눈물 덕분에 나는 이미 하느님의 용서를 받았을 수도 있었다는 걸. 나는 갈 곳 없는 비참한 고아라서 그런 죄를 저지르게 된 거니까. 하지만 너는 성상이 있는 곳에 쥐를 풀어놓은 놈이야. 너는 신성모독을 범하고 네 손가락으로 하느님을 비웃은 놈이라니까. 네놈이 내 주인이 아니고 내가 전에 너를 안아서 키우지 않았다면, 바로 이 자리에서 네놈을 끝장내버렸을 거야."

"이놈! 이 추잡한 놈! 네놈을 여기서 한 발자국도 못 나가게 할 거다! 곧장 경찰에 넘겨줄 테다!" 표트르가 길길이 날뛰며 고함을 질렀다.

페디카는 자리에서 벌떡 일어나더니 분노로 이글거리는 눈길을 표트르에게 쏘아 보냈다. 표트르는 주머니에서 늘 지니고 다니던 권총을 꺼냈다. 하지만 권총을 겨누기도 전에 페디카가 표트르의 뺨을 힘껏 후려쳤다. 한 번, 두 번, 세 번, 네 번……. 표트르는 신음을 내며 그 자리에 그대로 쓰러졌다. 페디카는 모자를 쓰더니 의자 밑에서 보따리를 꺼내 들고는 사라져버렸다. 표트르는 거의 의식을 잃은 상태였다.

잠시 후 리푸틴과 키릴로프가 달려와 그의 머리에 물을 들이 부었고 그는 겨우 정신을 차렸다. 정신을 차린 그는 리푸틴과 키릴로프를 남겨두고 쏜살같이 밖으로 뛰쳐나갔다.

다음 날, 도시에는 또 다른 살인 사건에 대한 이야기가 사람들 입에 오르내리고 있었다. 살해된 자는 바로 탈옥수 페디카였다. 경찰은 모든 정황상 그가 강도를 당했다고 결론을 내렸고 쉬피굴린의 노동자 한 명을 이미 용의자로 지목하고 있었다. 그 노동자와 페디카가 레뱌드킨 오누이를 함께 찔러 죽였으며, 약탈한 돈을 두고 다툼이 있었다는 것이다.

리푸틴은 표트르의 집으로 달려갔다. 그리하여 그가 자정이 다 되어 돌아왔으며 아침 8시까지 편안하게 잠을 이루었다는 사실을 은밀하게 알아낼 수 있었다. 리푸틴은 몸을 부르르 떨었다.

제5장 여자 나그네

1

　그날 저녁 '우리 동지들'이 에르켈의 집에 모여 약속 시간이 한참 지나도록 오지 않는 표트르를 향하여 분노를 터뜨리고 있던 바로 그 시각, 샤토프는 두통과 오한이 나서 불도 밝히지 않은 채 자기 방 침대에 누워 있었다. 나는 그가 지금이라도 벌떡 일어나 모든 것을 다 불어버릴까 하는 생각에 시달리고 있었다고 자신 있게 말할 수 있다. 하지만 모든 것이 그의 추측에 불과했고(사실 그는 확신하고 있었지만), 증거도 없었다. 그럼에도 불구하고 그는 충동적인 성격이었기에 당장 경찰로 달려갈 수도 있었다. 그런데 전혀 예상치 못했던 일이 벌어져 그 악당들을 구원해주게 되었으니…….

그는 가벼운 잠 속으로 빠져들어갔다. 그리고 일종의 악몽을 꾸었다. 마치 사지가 침대에 꽁꽁 묶여 있는 듯 꼼짝할 수 없었다. 벽과 대문을 사정없이 두드려대는 소리가 들렸다. 멀리 어디선가 익숙한 목소리가 고통스럽게 그를 부르고 있었다. 침대에서 벌떡 일어났다. 그런데 놀랍게도 실제로 누군가 대문을 세차게 두드리고 있었다. 그는 벌떡 일어나 문에 난 작은 창을 열고 고개를 내밀었다.

"거기 누구요?" 두려움에 얼어붙은 채 물었다.

"당신이 샤토프가 맞는다면 솔직하게 말해줘요. 나를 들여보내 줄 거예요, 말 거예요?"

샤토프는 그 목소리를 단번에 알아보았다.

"마리……! 정말 당신이야?"

"그래요, 마리 샤토프예요."

샤토프는 그녀를 황급히 안으로 들어오게 했다. 그녀가 방 안을 둘러보며 말했다.

"어휴, 당신이 형편없이 지낸다는 건 알았지만 이 정도인지는 몰랐네. 내가 돌아온 거에 대해 오해는 말아요. 당신과 제네바에서 결혼하고 2주를 함께 지냈지요. 우리가 사이좋게 헤어진 지 벌써 3년이 되었군요. 난 회개 따위 하려고 당신을 찾아온 게 아니에요. 난 일을 하려고 돌아온 거예요. 옛날처럼 그 멍청한 짓을 다시 하려고 온 게 아니라고요."

샤토프는 그녀를 바라보았다. 이 억세고 거친 사내가 갑자기 부드러운 사내로 변신한 것 같았다. 얼굴에는 생기마저 도는 듯했다.

이별의 3년, 그 3년의 세월은 그의 마음속에서 그 어떤 것도 지워버리지 않았다. 아마 그는 그 3년 내내 이 소중한 존재를, 언젠가 그에게 "사랑해요"라고 말해주었던 그녀를 꿈꾸어왔는지도 모른다. 내가 아는 한 샤토프는 자기 같은 놈에게 어떤 여자가 "사랑해요"라고 말한다는 것은 꿈도 꿀 수 없는 일이라고 믿고 있었다. 지나칠 정도로 단정하고 수줍음이 많은 그는 자신의 용모와 성격이 싫었으며 자신을 남의 구경거리나 될 만한 무슨 괴물처럼 여겼다. 그 때문에 그는 정직을 무엇보다 중시하게 되었고 자신의 신념에 거의 광적으로 매달리게 되었다. 그는 우울하고 자부심이 강한 사람이 되었고 걸핏하면 화를 잘 내는 사람, 말이 별로 없는 사람이 되었다.

그런데 바로 지금, 2주 동안 그를 사랑해준 유일한 존재가, 자기 자신과 비교해서 한없이 높은 곳에 있다고 생각했던 그 존재가, 무슨 짓을 했건 용서해줄 수 있는 존재가(더 정확히 말한다면 그는 자기야말로 그녀 앞에서 용서를 빌어야 할 존재라고 생각하고 있었다), 바로 그녀 마리야 샤토프가 갑자기 다시 그의 앞에 나타난 것이다. 오오, 이건…… 이건…… 이게 도대체 어떻게 된 일이란 말인가! 그는 정신을 차릴 수가 없었다. 그는 너무나 행복해서 도저히 믿을 수 없었다. 마치 꿈을 꾸는 것 같았고, 그 꿈에서 깨어나고 싶지 않았다.

그는 그녀를 바라보았다. 비록 피곤한 모습이었고 옛날의 싱싱함은 어느 정도 사라졌지만 여전히 아름다운 스물다섯 살의 젊은 여자였다. 이전의 다소 경박하던 천진난만함 대신 냉소 같은 것이 얼굴에 흐르고 있었다. 그리고 무엇보다 어딘가 아파 보였다.

샤토프는 갑자기 허둥대기 시작했다. 방 안은 썰렁했으며 차(茶)조차 없었다. 그는 마룻바닥에 있던 권총을 집어 들었다.

"이걸 팔아서……."

"어디 가려고요? 집 안에 차도 없는 거군요. 여기 10코페이카가 있어요. 이게 내 전 재산이에요."

"아냐, 당신 돈은 안 돼! 내, 곧바로 돌아올게."

그는 키릴로프에게 달려갔다.

"키릴로프, 당신에게는 언제나 차가 있지요? 내 아내가……
왔어요……. 차를 좀……."

"당신 부인이? 아, 물론 줄게요. 저기 탁자 위에 있어요. 설탕
도 가져가고, 빵도 가져가요. 송아지 고기도 있어요……. 그리
고 여기 1루블이 있으니 이것도……."

"아, 고마워요. 내일 돌려줄게요."

샤토프는 겨드랑이에 찻주전자를 끼고 빵과 고기, 설탕을 든
채 말했다.

"키릴로프! 만일…… 만일…… 당신이 당신을 사로잡고 있는
그 무서운 환상에서 벗어난다면……, 당신이 무신론을 팽개칠
수만 있다면……, 오, 당신은 정말 좋은 사람일 텐데!"

그는 곧바로 아내가 있는 곳으로 돌아왔다. 마리는 샤토프에
게 몇 마디 쫑알거리더니 기운이 없는지 누운 채 눈을 감았다.
얼굴이 창백한 것이 꼭 죽은 사람 같았다.

그때였다. 계단을 올라오는 발소리가 들렸다. 샤토프가 누구
냐고 소리치자 누군가가 은밀한 목소리로 물었다.

"이반 샤토프 씨입니까? 에르켈입니다."

어디서 본 듯한 얼굴이었다. 샤토프는 기억을 더듬었다.

"저를 보신 적이 있지요? 비르긴스키 씨 집에서……."

샤토프는 그를 막으며 갑자기 버럭 화를 냈다.

"들어오지 마! 아내가 돌아와 있어! 게다가 난, 더 이상 당신들을 만나기 싫어! 당신을 계단 아래로 던져버릴 수도 있어!"

"왜 이렇게 화를 내시는지 모르겠군요." 어린 소위는 침착하게 말했다. "난 그냥 당신에게 전할 게 있어서 온 겁니다. 용건만 전하고 바로 가겠습니다. 당신에게 당신 소유가 아닌 인쇄기가 있지요. 제가 받은 명령에 따라 내일 저녁 7시 정각에 그 인쇄기를 리푸틴에게 건네줄 것을 요구합니다. 이로써 당신은 영원히 제명된다는 것을 알려주라는 명령도 받았습니다. 나는 당신을 데려가기 위해 내일 저녁 6시에 다시 오겠습니다."

"표트르 베르호벤스키도 거기 있을 거지요?"

"아니, 없을 겁니다. 그는 내일 오전 11시에 이곳을 뜰 겁니다." 에르켈은 표트르의 지시대로 거짓말을 했다.

"내, 그럴 줄 알았지! 나쁜 놈! 혼자 도망치는 거로군!" 샤토프는 주먹으로 자신의 넓적다리를 치면서 말했다. 그러더니 문득 에르켈에게 눈길을 주면서 말했다.

"아니, 이런 젖비린내 나는 애송이가! 아니, 자네 같은 친구가 그런 일에! 에잇, 이런 애송이에게 이런 일을 시키다니! 자, 어서 가봐요! 놈은 당신들 모두를 속이고 도망간 거라고!"

에르켈은 몸을 돌리고 계단을 내려갔다.

샤토프는 다시 방 안으로 들어왔다. 마리는 잠들어 있었다. 그는 잠들어 있는 아내를 깊이 바라보았다. 그는 장작에 불을 붙였다. 아내가 잠을 깰까봐 가능한 한 소리를 내지 않으려 애썼다. 장작에 불을 붙이고 그녀를 다시 바라보고 발뒤꿈치를 들고 방을 왔다 갔다 하는 사이 두세 시간이 훌쩍 흘러갔다. 그는 꾸벅꾸벅 졸기 시작했다. 바로 그 시각에 키릴로프의 집에는 표트르와 리푸틴이 와 있었다.

그때 마리가 잠에서 깨었다. 그녀가 그를 부르는 소리에 그가 잠에서 깨어났다. 그녀는 왜 자기에게 온통 침대를 차지하게 내버려두었냐는 둥, 그렇게 자기를 바라보지 말라는 둥 까탈을 피웠다. 샤토프는 그녀를 보지 않으려 애쓰며 방 안을 서성거렸다. 그녀가 문득 말했다.

"3년 전이 생각나요. 당신, 아주 현학적인 척했지요. 하긴 꽤나 재기가 있었지."

그녀의 목소리에는 일종의 경멸기가 섞여 있었다.

"오, 마리! 3년 동안에 무슨 일이 벌어졌는지 당신이 알 수만 있다면! 나는 내 신념이 변했다며 당신이 나를 경멸했다는 소리를 들은 적이 있어. 그래, 내가 누굴 버린 걸까? 진정한 삶의 적들, 스스로 독립하는 걸 두려워하는 뒤떨어진 자유주의자들일 뿐이야. 사상의 노예들, 인격과 자유에 적대적인 자들, 썩은 시체와 부패를 선전하는 걸레 같은 자들을 버린 거야! 그들에게 뭐가 있는지 알아? 노쇠, 겉만 번지르르한 초라함, 부르주아적인 보잘것없는 무능력, 질투심에 가득 찬 평등만 들어 있을 뿐이야. 인간적 존엄성이 없는, 노예들의 평등 같은 것! 하지만 무엇보다 최악인 건, 그들이 모두…… 모두 악당이라는 거야!"

"그래요, 악당들이 많긴 많아요."

"오, 마리, 당신도 인정하는구나!" 샤토프가 외쳤다.

"아, 그렇게 소리 지르지 말아요. 그렇다면 마리야 티모페예브나의 죽음도…… 그 악당들 짓이겠군요."

"맞아. 틀림없어."

"아, 이제 그런 이야기는 그만해요."

잠시 일어났던 그녀는 다시 경련을 일으키면서 침대로 쓰러졌다.

"당신…… 당신…… 정말 뭐가 시작되고 있는지 모르는 거예요? 정말 견디기 어려운 인간이야!"

"마리, 뭐가 시작된다는 거지?"

"아, 당신은 정말 추상적인 생각만 하는 수다쟁이야!"

샤토프는 혹시 그녀의 정신이 어떻게 된 게 아닌가 하고 어안이 벙벙할 뿐이었다.

그녀는 잔뜩 일그러진 얼굴로 침대에서 겨우 몸을 일으키며 계속 말했다.

"그래, 내가 산고(産苦)에 시달리고 있는 걸 모르겠다는 거야! 이놈의 배 속에 든 놈아! 태어나기도 전에 저주를 받아라!"

이제야 알아챈 샤토프가 의자에서 벌떡 일어나며 외쳤다.

"아니, 왜 미리 이야기를 해주지 않은 거야!"

"내가 어떻게 알았겠어. 열흘은 더 남은 줄 알았지! 이럴 줄 알았다면 당신 집으로 왔겠어!"

"아, 그래! 어서 산파를 불러야지! 이 권총을 팔면 될 거야!"

샤토프는 쏜살같이 계단을 내려갔다.

2

서둘러 말하기로 하자. 마리는 아이를 낳았다. 하지만 그리 순탄치만은 않았다. 샤토프는 우선 키릴로프에게 달려가서 아내가 출산하려 한다고 말했다. 그는 무슨 일이 있는지 계단 아래서 살펴봐달라 부탁한 후 비르긴스키의 집으로 달려갔다. 비르긴스키의 아내에게 부탁하기 위해서였다. 비르긴스키의 아내 아리나 포호로브나는 샤토프의 사정을 듣고 샤토프의 집으로 달려갔다.

그녀가 자기 집으로 떠나는 것을 확인한 샤토프는 이번에는 람신을 찾아갔다. 권총을 팔아 돈을 마련하기 위해서였다. 그 권총은 그가 25루블을 주고 람신에게서 구입한 것이었다. 그는 람신에게 15루블만 달라고 했지만 겨우 7루블을 받아낼 수 있었을 뿐이었다.

샤토프가 집으로 돌아와보니 아리나는 이미 마리 곁에서 그녀를 돌보고 있었다. 마리는 샤토프에게 벽에 얼굴을 붙이고 서 있어라, 쳐다보지도 말라, 단 1분도 자기 곁을 떠나지 말라, 까탈을 부리다가 엉엉 울기도 했다. 샤토프는 어찌할 바를 모르고 서 있었다. 그러자 아리나가 마리에게 말했다.

"우리 저 양반을 내보냅시다. 이봐요, 이 방에 그러고 있으면 방해만 되니 어서 밖으로 나가요."

샤토프는 할 수 없이 계단을 내려가 키릴로프에게로 갔다.

키릴로프는 생각에 잠겨 방 안을 왔다 갔다 하고 있었다. 너무 생각에 골몰해 있어 샤토프의 아내가 출산 중이라는 것, 아니 아예 그녀가 이곳에 와 있다는 사실조차 잊은 것 같았다. 심지어 샤토프가 하는 말을 알아듣지도 못했다.

그는 샤토프에게 엉뚱한 질문을 했다.

"샤토프, 당신에게는 영원한 조화의 순간이 찾아올 때가 있나요?"

샤토프가 대답이 없자 그가 계속 말을 이었다. 이상하게도 평소의 그의 말솜씨에 비해 훨씬 유창했다. 그는 틀림없이 그 말을 머릿속에 오래전부터 차곡차곡 정리해두었을 것이며, 어쩌면 기록해두었을지도 모른다.

"그런 순간이 있어요. 단 5~6초에 불과해요. 갑자기 영원한 조화의 존재를 느끼게 되는 겁니다. 이건 지상의 현상도 아니고 천상의 현상도 아닙니다. 다만 그것은 지상의 모습으로는 감당하기 어려운 그 어떤 것입니다. 그러려면 물리적으로 변모하거나 죽어야 합니다. 그건 선명하고 논란의 여지가 없는 감정입니다. 갑자기 자연 전체와 접촉하는 것 같으며 '그래, 모든 게 진실이야'라고 말하게 됩니다. 하느님이 세상을 창조했을 때 마지막 창조의 날 이렇게 말씀하셨습니다. '그래, 모든 게 진실이다. 모든 것이 다 좋다.' 그건…… 그건…… 감동이 아니라 기쁨입니다. 아무것도 용서하지 않게 됩니다. 더 이상 용서할 게 아무것도 없기 때문이지요. 사랑도 하지 않게 됩니다. 그래요! 그건 사랑 이상의 감정입니다. 정말 무서운 건, 그것이 무서울 정도로 선명하다는 것, 자신이 온통 기쁨으로 채워지게 된다는 것입니다. 그 순간이 5초 이상 지속된다면 영혼은 더 이상 감당하지 못하고 사라져버릴 것입니다. 그 5초 동안 나는 인류 전체의 삶을 사는 것이며 그를 위해서는 내 삶 전체를 내줄 것입니다. 그만한 가치가 있기 때문이지요. 물리적으로 변해야 합니다. 인간은 출산을 중단해야 합니다. 목표가 성취되었는데, 아이가 무슨 필요가 있고 발전이 무슨 필요가 있습니까? 복음서에도 부활 후에는 더 이상 임신하지 말고 하느님의 천사처럼 되라고 쓰여 있습니다."

"키릴로프, 종종 그런 순간을 맞습니까?"

"사흘에 한 번씩이거나 일주일에 한 번 정도……."

"간질을 앓고 있지 않은가요?"

"아뇨."

"그렇다면 간질이 생길 겁니다. 조심해요, 키릴로프. 난 간질이 그런 증상과 함께 시작된다는 이야기를 들은 적이 있어요. 어느 간질 환자가 자기 경험을 내게 이야기했는데 당신과 똑같

왔어요. 5초 이상 견디기 어렵다는 이야기까지도……. 조심하세요."

"이미 너무 늦었군요." 키릴로프가 조용히 미소를 지으며 말했다.

밤이 지나가고 날이 밝기 시작했다. 샤토프는 방에서 쫓겨났다가 다시 불려 들어가기도 했다. 그는 최종적으로 방에서 쫓겨났다. 드디어 마리의 비명이 울렸고 새로운 울음소리가 들렸다. 새로 태어난 생명의 울음소리였다. 샤토프는 성호를 긋고 방으로 들어갔다.

마리는 눈을 뜨고 샤토프를 바라보았다. 그로서는 도저히 이해할 수 없는 전혀 새로운 시선이었다.

사내아이였다. 그녀는 아이를 바라보며 "너무 예뻐요"라고 힘없이 말했다. 샤토프도 마치 백치와 같은 웃음을 흘리며 기뻐하고 있었다. 그가 아이를 들여다보는 것을 보고 아리나가 놀리듯 말했다.

"아니, 저 모습 좀 보게. 아니, 당신한테 뭐가 그렇게 대단히 즐거운 일이라고……."

"새로운 존재의 출현이라는 신비, 설명할 수 없는 위대한 신비지요. 당신이 그걸 이해할 수 없다니 정말 유감이네요!"

샤토프는 환희에 사로잡혀 있었다. 그는 계속 말을 이었다.

"두 인간이 있었습니다. 그런데 이렇게 갑자기 세 번째 생명이 나타난 겁니다. 더없이 완전무결한 새로운 정신이⋯⋯. 절대로 인간의 손을 통해서 나올 수 없을 것 같은 작품이⋯⋯. 새로운 사상이고 새로운 사랑입니다. 두렵기도 한 것이지요⋯⋯. 이 세상에 이보다 더 고결한 건 없습니다."

"에이, 무슨 헛소리를⋯⋯! 그냥 유기체 진행 과정 중의 하나일 뿐이에요. 당신 말대로라면 파리의 탄생도 신비겠네! 태어나지 말아야 할 잉여 인간도 마찬가지고!" 아리나가 웃으며 말했다. "그나저나 이 아이를 어쩌나. 보육원에 보내야 하나?"

"보육원에 보내는 일은 절대 없을 겁니다." 샤토프가 마룻바닥을 내려다보며 말했다.

"양자로 삼으려고?" 아리나가 물었다.

"이 애는 내 아들입니다." 샤토프가 밝은 얼굴로 대답했다.

아리나가 돌아가고 나자 샤토프는 창문 곁에 앉아 조용히 마리와 아기를 지켜보았다. 그런데 채 1분도 지나지 않아 마리가 그를 짜증 난 목소리로 불렀다. 베개를 좀 똑바로 놓아달라는 것이었다.

그는 침대 곁으로 가서 베개를 매만져주었다. 마리는 화가 난 듯 벽을 바라보고 있었다.

"그게 아니라니까요……. 그렇게 말고……. 어휴, 손놀림하고 는……!"

샤토프는 다시 베개를 바로잡았다.

"내 쪽으로 몸을 굽혀봐요." 마리가 갑자기 남편을 애써 쳐다보지 않으려 하면서 묘한 목소리로 말했다.

그는 떨면서 몸을 굽혔다. 그러자 그녀의 왼손이 강하게 그의 목을 휘감았고, 그는 자신의 이마에서 그녀의 뜨거운 키스를 느꼈다. 그녀의 입술이 파르르 떨리고 있었다. 그녀는 갑자기 몸을 약간 일으키더니 눈을 빛내며 힘주어 외쳤다.

"니콜라이 스타브로긴은 정말 나쁜 사람이에요!"

그녀는 옆으로 쓰러지며 베개에 얼굴을 묻더니 흐느끼면서 샤토프의 손을 꼭 잡았다.

"마리!" 샤토프는 아이를 품에 안은 채 소리쳤다. "이제 모두 끝난 거야. 이제까지의 광란도, 치욕도, 시체처럼 썩은 세월도……. 새로운 길을 향해서 우리 셋이 함께 가는 거야! 암, 그럴 거야!"

그녀는 곧 잠이 들었다. 키릴로프가 축하하기 위해 할멈에게 음식을 들려 보냈다. 둘이 음식을 함께 든 후 샤토프도 앉은 채 잠이 들었다.

샤토프가 잠에서 깨어났을 때는 창밖이 완전히 어두워져 있었다. 시간이 되자 에르켈이 찾아왔다. 그는 에르켈을 방으로 들어오지 못하게 했다. 마리는 그가 가볼 곳이 있다고 하자 자기를 어떻게 혼자 내버려둘 수 있느냐고 눈물을 흘리며 화를 냈다. 그러자 샤토프가 기쁜 목소리로 외쳤다.

"마리! 이건 마지막 한 발자국일 뿐이야! 그다음에는 새로운 길이 열리는 거야. 그리고 결코 다시는 지난날의 공포 따위는 생각하지 않게 될 거야!"

겨우 그녀를 설득한 그는 9시쯤이면 돌아오겠다고 약속하고 방을 나섰다.

에르켈과 샤토프는 스크보레쉬니키에 있는 스타브론스키 공원으로 향했다. 스타브로긴가의 영지에 있는 공원이었으며 그 공원 끝 외진 장소에 인쇄기가 묻혀 있었다. 너무 외져서 그 누구의 눈에도 띄지 않을 곳이었다. 함께 걸어가면서 샤토프가 에르켈에게 말했다.

"에르켈, 당신은 아직 너무 젊군. 그래, 당신은 행복해본 적이 있나?"

"지금 당신은 무척 행복해 보이네요." 젊은 소위가 호기심에
찬 목소리로 말했다.

제6장 분주한 밤

1

그날 낮, 비르긴스키는 두 시간 동안 '우리 동지들'의 집을 일일이 돌았다. 동료들에게 샤토프가 결코 밀고를 하지 않으리라는 자기 의견을 알리기 위해서였다. 아내가 돌아왔고 아기가 태어난 마당에 그를 위험인물로 보는 것은 인지상정에 어긋난다고 그는 말하려 했다. 하지만 에르켈과 랴신을 제외하고는 누구도 만날 수 없어 그는 곤혹스러웠다.

'그곳'에 갈 것이냐는 비르긴스키의 질문에 에르켈은 갈 것이라고 짧게 대답했다. 몸이 아프다며 자리에 누워 있던 랴신은 자기를 제발 내버려두라고 비르긴스키에게 통사정을 했다.

비르긴스키는 불안한 마음으로 집으로 돌아올 수밖에 없었다.

시간이 되어 그는 약속 장소로 갔다. 매우 음침한 곳이었다. 이미 어둠이 깔린 데다가 수백 년 된 소나무들이 빽빽하게 들어서 있었기에 지척도 분간하기 어려웠다. 샤토프를 데려오는 임무를 맡은 에르켈만 빼놓고 모두 모여 있었으며 표트르와 리푸틴이 등불을 들고 있었다.

그들을 돌아보며 표트르가 말했다.

"여러분, 이제 망설일 시간은 지났습니다. 어제 모임에서 충분히 이야기를 나누었고 최종 결정을 내렸습니다. 그런데 여러분들의 표정을 보니 뭔가 하고 싶은 말이 있는 것 같습니다. 그렇다면 어서 말해보십시오. 시간이 없어요. 에르켈이 곧 그를 데려올 겁니다."

그러자 비르긴스키가 미리 준비해온 듯 말을 꺼냈다. 몹시 흥분한 어조였다.

"난 샤토프의 아내가 돌아왔고 아이를 낳은 것을 알고 있소. 인지상정인데…… 그가 밀고하지 않으리라는 건 확실하오……. 그는 지금 행복하니까……. 여러분의 집에 찾아갔었는데 아무도 없더군요. 그러니, 우리 그냥 그만두는 게……."

그러자 표트르가 그의 말을 막고 나섰다.

"비르긴스키 씨, 당신이 갑자기 행복해졌다고 칩시다. 그렇다고 당신이 중요시하던 시민으로서의 과업을 그만두겠소? 어떤 위험을 무릅쓰고라도, 설사 자신의 행복을 잃더라도 꼭 성취하려던 과업을?"

"아니, 포기하지 않을 겁니다." 비르긴스키가 기어들어가는 목소리로 대답했다.

"그렇지. 비열한 인간이 되기보다는 차라리 불행한 인간이 되겠다는 거 아니오? 바로 그거요. 샤토프는 밀고를 자신의 시민으로서의 의무로 생각하고 있소. 지금이야 행복에 겨워 잠시 망설일지 모르지만 금세 정신을 번쩍 차릴 거요. 게다가, 3년 만에 불쑥 찾아와서 니콜라이의 애를 낳았는데 행복하다니…… 도무지 말이 안 되는 소리요."

그러자 이번에는 쉬갈료프가 나섰다.

"하지만 그 누구도 밀고장을 본 사람은 없소."

"내가 봤소. 분명히 봤단 말이오. 한데 이 무슨 멍청한 짓들을……."

쉬갈료프의 말에 용기를 얻은 비르긴스키가 다시 한번 입을 열었다.

"어쨌든 그가 오면 그와 대화를 해봐야 하지 않을까요? 만일 밀고장이 있다고 하더라도 그가 마음을 바꾸면 받아들여야 하지 않을까요? 그런 후 밀고하지 않겠다는 맹세를 받아내면 되지 않나요? 어쨌든 심판 절차가 필요합니다. 이런 식으로 숨어 있다가 덮칠 수는 없어요."

"아니, 그깟 명예니, 형식 따위 때문에 과업을 망치다니! 정말 멍청하기 이를 데 없군! 아니, 이런 중차대한 순간에 도대체 자기가 어떻게 해야 하는지도 모르다니!"

"어쨌든 난 반대합니다." 비르긴스키는 여전히 고집을 꺾지 않았다.

"에잇, 정부에게 매수당한 자나 할 짓을 하고 있다니! 결정적 순간에 겁이 나서 다 불어버리고 제 목숨이나 챙기려는 비겁한 자들과 뭐가 다르다는 거요! 아무리 그렇게 하더라도 결과는 뻔하지. 시베리아로 가거나 아니면 정부의 칼보다 더 날카로운 칼 맛을 보거나!"

표트르의 서슬 퍼런 위협에 모두들 움츠러들었다. 하지만 쉬갈료프만은 녹록지 않았다. 그가 표트르에게 말했다.

"나는 어제저녁부터 곰곰이 생각해봤소." 언제나 그렇듯 확신에 찬 어조였다. 그는 지금 하려는 일이 오히려 위대한 과업에 방해가 될 것이라고 일장 연설을 한 후 이렇게 말을 맺었다.

"나는 떠나겠소. 이 모든 일이 내 프로그램과 처음부터 끝까지 어긋나기 때문이오. 당신이 내 원고를 갖고 있소? 대체 읽어보기나 한 거요? 그걸 읽어보고도 이런 짓을 한다는 건, 당신이 내 글을 전혀 이해하지 못하고 있다는 증거요. 내가 밀고하면 어쩌나 하는 걱정은 마시오. 난 그런 사람이 아니니까. 그리고 나를 죽이려면 죽이시오. 그래봤자 조만간 당신은 내 시스템에 도달하게 될 테니…… 자, 안녕히 계시오."

그가 발걸음을 옮기는 순간 200보쯤 떨어진 공원 연못 쪽에서 휘파람 소리가 들렸다. 리푸틴이 휘파람으로 응답했다. 쉬갈료프는 그들을 피해 길을 잡을 테니 안심하라고 말한 후 집 쪽을 향해 걸어갔다.

에르켈이 샤토프를 데리고 나타나자 리푸틴이 동굴 바로 곁에서 그들을 맞았다. 샤토프는 그들에게 인사도 않고 큰 소리로 말했다.

"자, 삽이 어디 있소? 등불 하나 더 없소? 겁낼 것 없소. 설사 대포 소리를 내도 스타브로긴가에는 들리지 않을 테니. 자, 바로 이쪽이요. 바로 여기."

그는 동굴 뒤쪽 구석에서 숲 쪽으로 10보쯤 떨어진 곳을 발로 툭툭 쳤다. 바로 그 순간 나무 뒤에서 톨카첸코가 그를 덮쳤고 에르켈이 그의 팔꿈치를 잡았으며 리푸틴이 앞에서 달려들었다. 세 명은 일거에 그를 바닥에 넘어뜨린 후 땅바닥에 짓눌렀다. 바로 그 순간 표트르가 권총을 들고 나섰다. 순간 샤토프는 고개를 돌리고 그의 얼굴을 보았다. 표트르는 총구를 그의 이마에 바싹 대고 방아쇠를 당겼다. 샤토프는 그 자리에서 즉사했다. 표트르는 재빨리 그의 주머니를 뒤졌다. 하찮은 종이쪽지들이 몇 장 나왔지만 그는 그것들을 무슨 중요한 물건이라도 되는 듯 주머니에 넣었다. 모두들 그 모습을 지켜보고 있었다.

표트르는 모두들 멍하니 넋을 잃고 있는 것을 보고 고함을 질렀다. 그러자 톨카첸코와 에르켈은 미리 동굴 속에 준비해둔 돌덩이 두 개를 가져왔다. 돌덩이에는 단단한 밧줄이 매여 있었다. 표트르가 돌을 시체의 발에 묶었다.

하지만 열심히 작업을 한 사람은 그 셋뿐이었다. 비르긴스키도 함께 샤토프에게 달려들긴 했지만 건성이었을 뿐 아무런 도움도 주지 못했다. 리푸틴도 그냥 제자리에 서서 모든 것을 지켜보고만 있었다.

그들이 돌덩이를 다 매달았을 때 갑자기 비르긴스키가 소리쳤다.

"이건 아니야! 이건 아니라고! 정말 이게 아니야!"

그는 아마 몇 마디 더 하려고 했을 것이다. 그러나 그의 말소리는 곧바로 럄신의 비명에 묻히고 말았다. 인간의 목소리라기보다는 차라리 무슨 짐승이 내는 소리 같았다. 그는 비르긴스키의 두 팔을 부여잡고 두 눈을 크게 뜬 채 입을 한껏 벌리고 소리를 지르고 있었으며 두 발로 쾅쾅 땅을 굴렀다. 이어서 그는 미친 듯 표트르에게 달려들었다. 표트르는 울부짖고 있는 럄신의 활짝 벌린 입 속에 총구를 쑤셔 넣었다. 하지만 럄신은 울부짖음을 멈추지 않았다. 에르켈이 겨우 손수건을 그의 입속에 처넣어 비명을 막을 수 있었으며 톨카첸코는 밧줄로 재빨리 그의 두 손을 묶었다.

표트르는 럄신을 에르켈에게 맡긴 후 톨카첸코와 함께 시체를 처리했다. 둘은 시체를 연못까지 옮긴 후 물속에 집어 던졌다. 물에 파문이 일더니 곧 잠잠해졌다. 과업이 끝난 것이다.

표트르는 용기를 내어 앞으로 나아가자고, 이제 키릴로프에게 가면 그가 모든 것을 자기가 한 짓이라는 유서를 남기고 자살할 것이니 우리들에게 혐의가 돌아갈 일은 없을 것이라고 일장 연설을 한 후, 모두 조심하자며 그들과 헤어졌다.

2

표트르는 우선 집으로 가서 서두르지 않고 꼼꼼하게 트렁크를 꾸렸다. 다음 날 6시에 급행열차가 출발할 것이다. 그렇게 이른 급행열차는 일주일에 한 번만 시험적으로 운행되고 있었다. 그는 챙긴 짐을 마차에 싣고 역 근처에 살고 있는 에르켈에게 갔다. 그는 그곳에 짐을 내려놓은 후 자정을 훨씬 넘긴 시각에 키릴로프에게 갔다. 그는 페디카가 드나들던 비밀 통로를 통해 그의 집으로 들어갔다.

정확한 이유는 모르겠지만, 키릴로프의 집으로 들어서면서 그는 무척 화가 나 있는 것 같았다. 아마 니콜라이에 대해서 아무 소식도 듣지 못했기 때문이라고 짐작할 수 있을 뿐이다. 혹은 키릴로프를 향해 무슨 복수심 같은 것을 품고 있었는지도 모른다.

표트르를 보자 키릴로프는 안심하는 기색이었다. 틀림없이 오래전부터 끔찍이도 초조하게 그를 기다리고 있었던 것 같았다. 안색이 평소보다 더 창백했으며 검은 눈동자는 무겁게 고정되어 있었다. 소파 구석에 앉아 있던 그는 표트르를 보고도 꼼짝하지 않았다.

"오지 않을 줄 알았지."

"뭐, 좀 늦었다고 불평할 건 없잖습니까. 당신에게 세 시간을 선물한 셈이니."

"네놈 선물 따위는 받고 싶지 않아. 비열한 놈!"

"뭐라고요? 어휴, 저 성질하고는……. 자, 이제 일을 해보지요. 어제 결단 내린 것 변함없지요? 유서 쪽지도?"

"아무래도 좋아. 쓰지. 어떤 걸 쓸까?"

"전단에 대해서도 몇 줄 써야지요. 당신이 샤토프와 함께 페디카의 도움으로 전단을 뿌렸다는 이야기를."

"뭐야? 샤토프 이야기를? 절대 안 돼!"

"아무 상관 없어요. 그는 이미 이 세상 사람이 아닌데……."

키릴로프가 자리에서 벌떡 일어났다.

"뭐야? 네놈이 죽였구나! 아내가 돌아와 기쁨에 젖어 있는 그를!"

"그래요. 바로 이 권총으로 해치웠지요." 그는 주머니에서 권총을 꺼냈다. "아니, 그럴 줄 몰랐다는 겁니까? 그 멍청한 인간과 이런 식으로 끝장을 보리라는 걸 당신이 몰랐다니 정말 이상하군. 수도 없이 몇 번이나 암시를 했건만……. 샤토프는 밀고를 하려 했어요. 우리는 그를 감시하고 있었고 더 이상 그냥 내버려둘 수 없었지요. 당신도 3주 전부터 그를 감시하는 임무를 맡았잖아요."

"입 닥쳐! 네놈은 샤토프가 제네바에서 네놈 얼굴에 침을 뱉었다고 복수한 거야!"

"뭐, 그 때문이기도 하고 다른 일 때문이기도 하지요. 그를 향한 적의는 조금도 없었어요. 아니, 왜 그렇게 날뛰는 겁니까? 왜 그렇게 인상을 쓰는 겁니까?"

그 말과 함께 그는 앞에 놓았던 권총을 집어 들었다. 키릴로프가 창문에 기대어두었던 권총을 잡았기 때문이었다.

둘은 서로 상대방을 향해 권총을 겨누었다. 하지만 키릴로프는 곧장 숨을 몰아쉬며 권총 든 손을 떨구었다.

"이런 장난은 그만하지요." 표트르도 권총을 든 손을 내리고 소파에 앉으며 말했다.

"난 유서 따위는 쓰지 않겠어! 샤토프를 내가 죽였다고는 쓸 수 없어." 키릴로프가 말했다.

"뭐라고요? 겁이 나서? 그렇다면 당신, 내일쯤은 밀고하러 갈지도 모르겠군요. 하지만 그렇게는 안 될걸. 당신에게는 의무가 있고, 약속도 했으며, 돈도 받았어요. 그건 부정할 수 없는 사실이에요."

"내가 자살을 연기하겠다고 하지는 않았어. 난 지금 나 자신을 죽이고 싶다고. 모든 인간들은 다 악당이야!"

"아, 아주 훌륭한 생각이네요. 훌륭한 사람은 이 악당들 틈에서 살 수 없으니 자살할 수밖에 없다는 거……."

"이런 멍청한 놈! 나도 너처럼, 모든 인간들처럼 악당일 뿐이야. 절대 정직한 사람이 아니야. 이 세상 어디에도 정직한 사람은 없어!"

"키릴로프, 나는 당신이 왜 자살하려는지 결코 이해할 수 없어요. 다만 무슨 원칙 때문이라는 것만……. 무슨 확고한 신념 때문이라는 것만……. 당신이 속을 털어놓겠다면 들어줄 용의는 있어요……. 다만 시간이 좀……."

"지금 몇 시지?"

"어허, 벌써 정각 2시네요."

"난 네게 해줄 말이 없어."

"언젠가 당신이 내게 신에 대해 해준 말이 기억나네요. 두 번씩이나 말했지요. 당신이 자살을 하게 된다면 당신은 신이 될 것이다, 라고 하지 않았나요? 맞지요?"

"그래, 난 신이 될 거야."

"아니, 당신은 무신론자 아닌가요? 게다가 남들처럼 비열한 악당일 뿐이라고 방금 말해놓고서…….”

“신은 필수불가결해. 존재해야만 해. 하지만 나는, 신은 존재하지 않으며 존재할 수 없다는 것을 알고 있어.”

“멋지군요.”

“네놈은 그 두 가지 생각을 동시에 갖고 있는 사람은 더 이상 살아갈 수 없다는 걸 이해 못 하겠다는 거냐?”

“내가 알 수 있는 건 당신이 주저하고 있다는 것, 오로지 그 것뿐인데요…….그건 점잖지 못한 일이지요.”

키릴로프는 표트르의 말에는 아랑곳하지 않고 방을 왔다 갔다 하며 중얼거리듯 말했다.

“그래, 스타브로긴도 관념이 삼켜버린 거야.”

표트르는 귀를 쫑긋 세웠다.

“뭐요? 무슨 관념? 그에게서 뭔가 들은 게 있어요?”

“아니, 내가 알아낸 거야. 만일 스타브로긴이 무언가 믿는다면 그는 자기가 믿는다는 사실을 믿지 않아. 그가 만약 믿고 있지 않다면 믿고 있지 않다는 그 사실을 믿지 않아.”

“스타브로긴에게는 그 이상 되는 게 있어요. 그보다는 좀 더 현명한 그 무언가가 있어요.” 표트르는 퉁명스럽게 말했다.

이어서 둘은 한참 동안 별 뜻 없는 말을 주고받았다. 표트르는 속으로 '제길, 자살하지 않을 작정이로군'이라고 생각하며 불안해했다.

　이야기를 주고받은 끝에 키릴로프가 소리쳤다.

　"이 원숭이 같은 놈! 내 비위를 맞추려고 맞장구를 치고 있군 그래. 입 닥쳐! 너는 아무것도 이해할 수 없으니까. 신이 존재하지 않는다면 내가 신이야."

　"아니, 다른 건 몰라도 그건 절대로 이해할 수 없어요. 어째서 당신이 신이라는 겁니까?"

　키릴로프는 거의 혼잣말처럼 중얼거렸다.

　"신이 존재한다면 모든 것이 그의 의지에 달려 있고 나는 그 의지에서 벗어날 수 없어. 신이 존재하지 않는다면 나는 나의 '자기 의지'를 보여줄 의무가 있어. 모든 것이 내 의지가 되니까. 난 그 의지를 보여주고 싶어. 나 혼자만이라도. 그래, 내게는 자살할 의무가 있어. 내 손으로 자살하는 것, 그게 가장 완벽하게 나의 '자기 의지'를 보여주는 것이니까."

　"하지만 자살하는 사람은 당신 말고도 많잖아요." 표트르가 끼어들었다.

　"그들에게는 자살하는 이유가 있어. 하지만 그 어떤 이유도 없이 오로지 '자기 의지'를 위해서 자살하는 건 나뿐이야." 키릴로프는 다시 방 안을 거닐며 말을 이었다.

"난 내가 신을 믿지 않는다는 것을 확언해야만 해. 신을 부정하는 것보다 더 높은 관념은 없어. 내게 존재하는 건 오로지 인간의 역사뿐이야. 인간은 자살하지 않고 살아가기 위해 신을 창안해낸 거야. 지금까지의 전 인류 역사는 그 말 한마디로 요약할 수 있어. 나는 인류 역사를 통틀어 처음으로 신이 존재한다는 픽션을 거부한 사람이야. 그걸 단번에 알아차려야만 해."

'미쳐도 단단히 미쳤군. 어쨌건 자살하지 않을 것 같아.' 표트르는 그의 말을 들으며 생각했다. 하지만 맞장구를 칠 수밖에 없었다.

"그걸 누가 알아야 한다는 겁니까? 여기 당신과 나밖에 없는데……."

"이봐, 잘 들어보라고. 지구 한가운데 십자가가 세 개 세워진 날이 있었어. 그중 한 십자가에 못 박힌 사람은 믿음이 두터워서 다른 두 명에게 '오늘 나와 함께 천국에 갈 것이다'라고 말했어. 그날이 지나고 둘은 죽었어. 하지만 그 두 명은 천국도 발견하지 못했고 부활하지도 못했어. '그'의 말씀이 실현되지 않는 거야. 자, 들어봐. '그'는 지구상에서 가장 드높은 존재이고 모든 살아 있는 것에 의미를 주는 존재야. '그'가 없다면 지구와

지상에 존재하는 모든 것들은 그저 광기에 지나지 않아. 그런데 그 전에도 그 후에도 심지어 기적 속에서도 그런 존재는 없었어. 그것이 정말 기적인 건 그런 존재는 그 전에도 그 후에도 없을 것이기 때문이야. 사정이 그렇다면, 자연의 법칙마저 '그'를 용납하지 않는다면, 자연의 법칙 속에 기적이 있음을 용납하지 않는다면, 그리고 '그'마저 거짓 속에서 살고 거짓을 위하여 죽게 만든다면 지구 전체가 거짓이며 동시에 거짓과 어리석은 착란 위에 놓여 있는 것 아닌가! 그러니 행성의 법칙도 거짓이고 악마의 장난일 뿐이다. 그러니 도대체 살아야 할 이유가 어디 있는가? 네가 인간이라면 대답해봐."

"아니, 그건 전혀 다른 문제 아닙니까? 당신은 전혀 다른 두 가지 원인을 뒤섞은 것 같은데……. 그건 아주 위험한 거지요. 미안하지만, 만일 당신이 신이라면? 당신이 거짓에서 벗어나 모든 잘못이 이전의 신들에 대한 믿음에서 온 것이라는 것을 이해하게 된다면?"

"드디어 네놈이 이해했구나! 네놈도 이해하는데 다른 사람들이 이해 못 할 리가 없지! 너는 방금 인류의 구원은 인류에게 내 관념을 증명하는 길밖에 없다는 걸 이해한 거야. 누가 그걸 증명하지? 내가 하겠다는 거야. 난 정말 이해할 수 없어. 어떻게 무신론자가 진정으로 신이 존재하지 않는다는 걸 믿으면서 자살하지 않고 견딜 수 있었던 거지? 신이 없다는 것을 인정하면서 자신이 신이 되었다는 걸 인정하지 않는다? 정말 터무니없는 일이야. 바로 내가 그 시작이야. 나는 꼭 자살을 해야 해. 나는 내가 믿고 있지 않다는 것을 믿고 있음을 내 의지로 보여주어야만 해. 오로지 그것만이 인류를 구원할 수 있는 길이야. 다음 세대 사람들은 물리적으로도 변해야 해. 지금과 같은 물리적 형태로는 이전의 신 없이는 절대로 존재할 수 없기 때문이야. 나는 3년 동안 내 안에서 신의 속성을 찾아내려 애썼고 결국 발견했어. 내 안의 신의 속성! 그건 바로 자유 의지야! 그것을 통해 나는 내 불복종을, 나의 새롭고 가공할 만한 자유를 가장 드높게 보여줄 수 있어. 그래, 자유 그건 무서운 거야. 나는 그 자유를 보여주기 위해 자살한다.”

키릴로프의 얼굴은 마치 열병에 걸린 것 같았다. 표트르는 그 틈을 노려 재빨리 종이와 연필을 그에게 내밀고 준비해온 말을 하기 시작했다. 키릴로프는 받아 적었다.

나 알렉세이 키릴로프는 10월 xx일인 오늘 저녁 7시 배반자이자 밀고자인 대학생 샤토프를 죽였다. 그는 우리

들의 선언문과 페디카가 한 일에 대해 밀고하려 했다. 페
디카는 열흘 동안 필리포프의 집에서 우리와 함께 지냈
다. 내가 오늘 자살하는 것은 회개하기 위해서도 아니고
당신들이 두려워서도 아니다. 나는 이미 외국에 있을 때
부터 내 삶을 중단시키리라는 계획을 세웠다.

"이뿐인가?"

"더 이상 필요 없어요. 그냥 그렇게 암시만 던져놔야 놈들이
더 헷갈려요."

"내가 알아서 할 테니 자네는 밖으로 나가."

표트르는 미심쩍은 시선으로 그의 집에서 나왔다. 키릴로프
가 정말로 자살하리라고는 끝까지 믿을 수 없었던 것이다. 밖
으로 나와 한참을 기다려도 아무 소리가 들리지 않자 그는 다
시 안으로 들어갔다. 키릴로프의 모습은 보이지 않았다. 문이
하나밖에 없어 갈 곳이 없는 방이었다. 표트르는 혹시 창문으
로 도망갔나 하는 생각에 창문을 향해 걸어갔다. 창문까지 가
까이 갔을 때 그는 뭔가 이상한 느낌에 몸을 획 돌렸다. 창문
맞은편 쪽 벽에, 즉 문 옆에 장롱이 하나 있었다. 키릴로프는 그
장롱과 벽 사이 틈새에 정말 기묘한 자세로 끼어 있었다. 필사

적으로 몸을 숨기려는 자세였다. 표트르는 양초를 들고 가까이 다가갔다. 속으로는 '이런 추잡한 놈. 어디 꼴 좀 보자' 하는 심산이었다. 그는 키릴로프에게 다가가 그의 어깨에 손을 댔다. 순간 키릴로프가 머리로 양초를 쳐서 떨어뜨렸고 촛불이 꺼져 버렸다. 순간 표트르는 새끼손가락에서 격렬한 통증을 느꼈다. 그는 들고 있던 총으로 자신의 손가락을 깨물고 있는 키릴로프의 머리를 서너 번 내리쳤다. 키릴로프가 물었던 손가락을 놓자 표트르는 밖으로 달려 나왔다. 뒤에서 고함이 들렸다.

"곧바로! 곧바로! 곧바로! 곧바로!"

그가 현관까지 나왔을 때 안에서 총성이 울렸다. 표트르는 다시 안으로 들어가 키릴로프가 자살한 것을 확인한 후 비밀 통로를 통해 밖으로 나왔다.

오전 6시 10분 전, 정거장 대합실을 표트르와 에르켈이 걸어 가고 있었다. 표트르는 떠나기 위해, 에르켈은 마중을 위해 역으로 온 것이다.

에르켈이 표트르에게 머뭇거리며 말했다.

"걱정하지 않아도 될까요? 모두들 다 위험한 것 같아요."

"걱정 말게. 모두 어제 저지른 일에 연루되어 있는데…… 정신이 나가지 않고서야 스스로를 망치는 길로 뛰어들 리 없어."

"아, 제가 보기에는 모두 정신이 나간 것 같아서……. 표트르 스테파노비치, 당신이 떠나지 않으면 좋겠어요."

"고작해야 며칠인데……. 곧 돌아올 거야. 내가 우리 공동의 과업을 위해 떠난다는 걸 자넨 잘 알고 있잖은가? 리푸틴 같은 놈들은 내가 몰래 빠져나갔다고 입방아를 찧겠지."

"아니, 당신이 외국으로 간다고 해도 난 이해할 수 있습니다. 우리는 아무것도 아니지만 당신은 정말 중요한 사람이니까요." 가련한 소년은 목소리까지 떨리고 있었다.

"자, 잘 있게." 표트르는 에르켈이 내미는 손을 잡는 둥 마는 둥 몸을 홱 돌려 열차에 올랐다.

제7장 스테판 트로피모비치의 마지막 여행

1

나는 자신이 세운 광적인 계획을 실행할 날이 가까워올수록 스테판이 무척 두려워했으리라고 확신한다. 그는 홀로 큰길 한 가운데 서 있는 자신의 모습을 상상하며 공포를 느끼지 않고는 못 배겼음이 틀림없다. 그는 그런 공포를 뚜렷이 의식하면서도 길을 나섰을 것이다. 그러나 그 공포 한가운데서도 그는 결심을 꺾지 않았다. 그를 유혹하는 자랑스러운 무언가가 있기 때문이었다. 그는 바르바라의 달콤한 제안을 받아들여 '단순한 기생충'으로서 그녀의 품에서 살아갈 수도 있었으리라. 하지만 그는 그러지 않았다! 그는 바르바라의 호의를 물리치고 '위대한 이념'의 기치를 높이 내건 채 큰길에서 죽기 위해 나선 것이다! 스테판은 바로 그런 감흥들에 젖어 있었으며 자신의 행동이 스스로에게도 그렇게 비쳤음이 틀림없었으리라.

리자와의 예기치 못한 만남 이후 그는 점점 더 망아지경에 빠져 길을 계속했다. 그는 스크보레쉬니키로부터 반 킬로미터 정도 떨어진 큰길을 걷고 있었다. 그는 자신이 큰길로 접어들었다는 것조차 의식하지 못했다. 무언가를 곰곰이 생각한다는 것, 자신의 행동에 대해 조금이라도 의식한다는 것이 그 순간의 그에게는 견딜 수 없는 일이었다. 가랑비가 오락가락했지만 그는 비가 온다는 것조차 의식하지 못했다.

그는 그런 식으로 아마 1킬로미터, 혹은 1.5킬로미터쯤 걸었을 것이다. 그는 문득 오한을 느꼈다. 순간 그는 비가 내린다는 것을 알아채고 우산을 펼쳤다. 멀리서 짐마차가 한 대 다가오고 있었다. 뿔을 묶인 암소가 뒤따라오고 있는, 농부의 짐마차였다. 마차에는 농부와 그의 아내가 타고 있었다. 얼마 후 마차가 스테판 곁으로 왔다.

나는 농부 부부와 스테판 사이에 어떤 대화가 오갔을지 충분히 짐작할 수 있다. 하지만 독자 여러분에게 내 상상의 나래를 무조건 펼쳐 보이고 싶지는 않다. 다만 여인숙 주인을 성주로

착각한 돈키호테보다 약간 나은 상태였으리라고 분명하게 말해줄 수 있다. 당시의 그는 사실상 돈키호테와 아주 비슷한 정신 상태에 있었으니…….

어쨌든 그는 50코페이카의 돈을 주고 짐마차에 올라탈 수 있었다. 그리고 그가 마차 위에서 조는 사이 마차는 어느 조그마한 마을에 도착했다. 스테판은 농부의 안내로 어느 오두막 안으로 들어갔다. 그는 가슴이 찢어지는 걸 느끼며 "그녀가 이걸 원한 거야"라고 중얼거렸다. 순간 그는 다시 한번 자신이 지금 어디에 있는지를 잊었다.

방이 둘 있고 깨끗하고 밝은, 어느 농부의 오두막이었다. 여인숙은 아니었지만 과객들이 드나들며 쉬어 가는 일종의 주막이었다. 스테판은 여주인이 내준 케이크를 먹으며 "정말, 맛있군. 다만 술이 좀 있었으면……"이라고 중얼거렸다. 그러자 여주인이 말했다.

"보드카를 말씀하시는 거지요?"

"그래요. 아주 조금만, 정말로 아주 조금만……."

"5코페이카어치 말씀인가요?"

"5코페이카어치, 그래, 5코페이카어치……. 아주 조금만." 스테판이 행복한 미소를 지으며 화답했다. 그가 돈을 내주자 여주인은 3~4분도 지나지 않아 반 병 정도 채워진 보드카 병을 들고 나타났다. 바로 옆에 있는 술집에서 사온 것이다. 스테판은 놀랐다. 그는 "난 집에서 늘 보드카를 마셨지만 5코페이카어치가 이렇게 많은 줄은 정말 몰랐어!"라고 말하며 커다란 잔에 술을 따랐다. 그는 자리에서 일어나더니 술잔을 들고 방구석에 앉아 있던, 바로 자기를 이곳까지 데려다준 농부의 아내에게 권했다. 그녀는 공손하게 술잔을 받은 후 세 모금에 걸쳐 잔을 비웠다. 그리고 또다시 공손하게 스테판에게 인사했다. "그래, 이게 민중이야. 나는 민중을 확실히 이해하게 된 거야"라고 그는 중얼거렸다. 스테판은 그녀로부터 잔을 받아 나머지 보드카를 따른 후 마셨다. 몸이 훈훈해졌으며 술기운이 머리까지 일순간에 치솟아 올랐다.

"나는 정말 아프지만 아픈 것도 그리 나쁘지 않군"이라고 그는 프랑스어로 중얼거렸다.

그때였다. 그의 곁에 있던 어느 여인이 조용한 목소리로 그에게 말을 걸었다.

"이걸 사지 않으시겠어요?"

스테판은 고개를 들었다. 이미 서른은 넘긴 것 같은 어느 귀부인이—그에게 그녀는 귀부인처럼 보였다—서 있는 것을 보고 그는 놀랐다. 그녀는 검은 옷을 입고 회색 숄을 어깨에 두르고 있었다. 그녀의 용모에는 그 무언가 상냥한 모습이 있었기에 당장에 스테판의 마음을 끌었다. 그녀는 들고 있던 에나멜 가방에서 무언가 꺼냈다. 표지에 십자가가 그려진 두 권의 기독교 성서였다.

"아, 복음서로군요. 벌써 여러 번 읽었지요. 50코페이카인가요?" 사실 그는 오래전부터 복음서를 읽지 않았다.

"35코페이카예요."

그는 잔돈이 없어 10루블짜리 지폐를 꺼냈다. 그의 전 재산이었다. 여주인이 즉시 잔돈으로 바꾸기 시작했다. 그사이 그는 비로소 주변을 둘러보았다. 이미 많은 사람들이 주막 안에 들어와 있었고, 사람들이 뭔가 수군거리며 그를 바라보고 있음을 그는 눈치챘다.

"아니, 스테판 트로피모비치 선생님 아니십니까! 여기서 선생님을 만나다니! 나리, 저를 못 알아보시겠어요?" 누군가 소리를 질렀고 그는 그쪽으로 고개를 돌렸다. 자그마한 중년 남자였다.

"미안하지만 전혀 모르겠는데……."

"정말 기억이 나지 않으세요? 접니다. 아니심 이바노프! 돌아가신 가가노프 나리 댁에서 일했었지요. 돌아가신 아브도치야 세르게예브나 님 댁에서 나리를 몇 번 뵌 적이 있습니다요. 마님 심부름으로 나리 댁에도 여러 번 갔었는데……."

"아, 이제 기억나는군. 자네, 여기 사는가?"

"V수도원 옆에 있는 스파소프 근처에 살고 있습니다. 아브도치야 마님의 여동생인 마르파 세르게예브나 마님 댁에 있습지요. 지금 친척 집을 방문하러 도시로 가는 길입니다."

아니심은 단번에 농부들의 의혹을 풀어주었다. 사람들에게 스테판은 수상하기 짝이 없었다. 걸어서 길을 가고 있었고 차림새는 꼭 외국인 같았으며 말하는 건 꼭 어린애 수준인 데다, 마치 도망이라도 가듯 앞뒤가 맞지 않는 소리를 해대니 의심하지 않을 수 없었다. 그들은 관청에 신고해야 한다는 생각까지 하고 있었다. 그런 그들에게 아니심은 스테판이 대단한 학자이며 장군 부인인 스타브로기나 댁에서 20년 이상 살고 있고 모든 사람들의 존경을 한 몸에 받고 있는 분이다, 신분을 따지자면 대령급 이상이며, 장군 부인이 후원을 해주고 있어 돈은 셀수 없이 많은 셈이다, 라고 한참을 떠벌렸다.

그가 떠벌리는 사이 스테판은 서적을 파는 여인을 유심히 바라보더니 그녀에게 말을 걸었다. 그는 그녀 이름이 소피야 마트베예브나 율리치나라는 것, 전사한 소위의 미망인이라는 것 등을 직접 그녀의 입을 통해 알 수 있었다. 남편을 잃었을 때 그녀는 열여덟 살이었으며 간호부 등 여러 일을 전전하다가 지금은 서적을 팔고 있다는 것이었다.

잠시 후 스테판은 그녀와 함께 마차에 올라 스파소프를 향하고 있었다. 그녀는 그녀를 스파소프로 데려가주겠다는 어느 여지주를 어제부터 기다리고 있는 중이었으며, 여지주가 나타나지 않자 걱정이 태산이었다. 사정을 알게 된 스테판이 즉시 그녀에게 말했다.

"오, 나의 친애하는 새로운 벗이여! 내가 그 여지주 대신 그대를 그곳, 지명이 뭐더라? 아무튼 그 시골까지 데려다주겠소. 미리 마차를 빌려놓았다오. 자 내일 함께 출발합시다!"

"아니, 당신도 스파소프에 가시려던 참이었어요?"

"달리 뭘 하겠소? 나는 정말 기쁘오. 기꺼이 당신을 그곳에 모시리다." 그러면서 그는 좌중을 둘러보았다. "내가 당신들 중 누구 마차를 빌렸더라?" 그는 갑자기 스파소프로 가고 싶어 안달이 날 지경이었다.

그런 후, 다음 날이 아니라 바로 15분 뒤 그는 벌써 반개 사륜마차에 몸을 싣고 있었다. 물론 소피야도 함께였다.

2

마차가 움직이기 시작하자 스테판은 소피야에게 말을 걸기 시작했다. 그는 자신은 늘 민중을 사랑해왔다, 민중은 아직 복음서를 모르니 함께 복음서를 팔러 다니자, 우리 이제 헤어지지 말자, 당신은 매혹적이다, 라는 등 정신없이 말을 늘어놓았다. 그녀가 약간 얼굴을 붉히자 그가 말했다.

"오, 그렇게 얼굴을 붉힐 것 없어요. 내가 남자라고 겁낼 것도 없어요. 소중하고 그 무엇과도 비교할 수 없는 이여! 내게 오로지 여자 한 명만! 그게 다예요! 나는 한 여인 곁에서 살아야만 합니다. 오직…… 아, 무슨 헛소리를! 아아, 정신이 없어요……. 머리가 빙빙 도는군요……. 너무 추워지고 있어요……. 오, 당신은 정말 선량하시군요……. 오, 당신 나를 뭘로 덮어주는 겁니까?"

"당신은 분명히 열병에 걸려 있어요. 담요로 덮어드리는 거예요."

스테판은 벌벌 몸을 떨다가 이내 깊은 잠에 빠져들었다. 그리고 얼마 후 그가 깨어났을 때 마차는 어느 주막 앞에 멎어 있었다. 스테판은 여주인에게 방 전체를 내달라고, 방문을 잠근 뒤 아무도 들여보내지 말라고 큰 소리를 쳤다. "우리는 할 이야기가 정말 많다오"라고 그는 여관 주인에게 말했다.

여관 주인이 방을 안내하고 나가자 스테판은 소파에 앉은 후 소피야를 곁에 앉으라고 했다.

"마침내 단둘이 있게 되었군요. 아무도 들여보내지 맙시다. 모든 것을 다, 처음부터 다 이야기해줄 테니……."

이어서 그는 불안해하는 소피야를 앞에 두고 어린 시절에 대해서부터 이야기를 늘어놓기 시작했다. 소피야는 그저 멍한 눈으로 그를 바라보았을 뿐이었다. 이야기가 학위 논문에까지 이르자 그녀는 뿌연 안개 속을 헤매는 것 같았다. 그녀는 훗날 그 모든 이야기가 너무 지적이었다고 전했다. 그가 지금 나라에서 주도권을 쥐고 있는 진보적인 사람들에 대해 예리한 말을 하면서 그가 웃자 그녀도 건성 웃음을 흘렸다.

이어서 그는 연애 이야기를 꺼내기 시작했고, 그는 곧바로 환희에 들떴으며 영감에 사로잡혀 일종의 기사도 로망을 지어내기에 이르렀다. 그의 이야기에서 바르바라는 갈색 머리의 미녀가 되었고 그와 그녀는 사랑을 했다.

"하지만 그 사랑은 너무나 고귀하고 섬세한 것이어서 두 사람은 평생 단 한 번도 서로의 감정을 털어놓은 적이 없었다오!

오, 얼마나 대단한 열정이었던가! 나는 그녀의 아름다움이 활짝 피어나는 걸 보았고, 그 아름다움이 수줍어하면서 내 곁을 스쳐가는 것을 보았다오!"

그리고 그는 그 20년이나 된 꿈을 팽개치고 이렇게 큰길에 나와 있는 것이다! 이어서 그는 소피야와의 이 숙명적 만남을 영원히 새로 시작해야 한다고 말하며 소피야 앞에 무릎을 꿇었다. 소피야는 끔찍할 정도로 당혹스러워하며 훌쩍훌쩍 울기 시작했다.

"저를 다른 방으로 보내주세요. 안 그러면 사람들이 이상하게 생각할 거예요."

그녀는 겨우 그 방에서 빠져나오는 데 성공했다. 여관 주인들과 함께 자려는 생각이었다. 하지만 그녀는 한순간도 쉴 수가 없었으니⋯⋯.

한밤중에 스테판에게 의사(疑似) 콜레라 증상이 나타났다. 그리고 그와 함께 신경 발작도 일어났다. 소피야는 그를 돌보느라 한숨도 잠을 이루지 못했다. 스테판은 발작을 일으키면서 반쯤 의식을 잃고 있었다.

스테판은 다음 날 낮까지도 정신을 차리지 못했다. 그러는 바람에 오후 2시에 스파소프를 향해 떠나는 기선을 탈 수 없었다. 그녀는 그를 혼자 내버려둘 수가 없었던 것이다. 겨우 정신을 차린 그는 소피아에게 자신의 병은 금세 지나가버릴 하찮은 것이라고 말하며 복음서를 읽어달라고 했다. 그는 이미 오래전부터 자신이 복음서를 읽지 않았다는 고백도 했다. 그런데 그녀가 복음서 첫 줄을 읽자마자 그녀의 낭독을 방해했다.

"아, 정말 잘 읽는군요. 그래, 그래, 나는 잘못 안 게 아니야!"

무슨 뜻인지 알 수 없는 그 말을 하면서 그는 환희에 차 있었다. 소피는 그에게 루가복음 6장의 「산상수훈」을 읽어주었다.

"자, 됐어요. 이제 됐어요. 그만하면 충분하다고 생각하지 않아요?" 스테판은 스르르 눈을 감았다.

소피야는 그가 잠을 자려나보다 생각하고 그만 일어나려 했다. 그러자 그가 그녀를 만류하며 말했다.

"내 벗이여! 난 평생 거짓말만 하며 살았다오. 진실을 말할 때조차도……. 나는 진실을 위해 말하지 않고 나를 위해 말을 해왔다오. 아, 전에도 어렴풋이 알고 있었지만 이제는 모든 게 훤히 보여요. 오, 내 친구들은 어디에 있는가! 평생 동안 내 애정으로 상처를 주었던 그 친구들은! 그 모두들! 아, 당신 아나요? 내가 지금도 거짓말을 하고 있을지 모른다는 것을! 그래요, 분명 나는 지금도 거짓말을 하고 있어요. 최악인 건 나조차도 내 거짓말에 속아 넘어간다는 것, 바로 그거예요. 살면서 거짓말을 않는 것처럼 어려운 건 없어요. 그리고 자신의 거짓말을 믿지 않는 것……. 그래, 바로 그거예요!"

마침내 소피야가 조심스럽게 물었다.

"저, 읍내에서 의사를 불러야 하지 않을까요?"

"아니, 필요 없어요. 내게 묵시록이나 읽어줘요. 그저 떠나지만 말아줘요. 나를 혼자 내버려두지만 말아요! 증명하자고요! 그걸 증명하자니까요!"

그의 간절한 목소리에 그녀가 감동을 받은 것 같았다. 그녀는 그의 두 손을 잡아 자기 가슴 쪽으로 가져가며 눈물을 글썽였다. 나중에 그녀는 그분이 너무 불쌍해서 견딜 수 없었다고 말했다. 그가 그녀에게 다시 말했다.

"소피야, 내게 돼지 떼 이야기를 읽어줘요. 난 그걸 한 자도 빼놓지 않고 다 기억하고 있어요. 하지만 한 번 더 읽어줘요."

소피야는 루가 복음서에서 그 부분을 찾아낸 후 그에게 읽어주었다. 바로 내가 이 연대기에서 에피그라프로 인용한 내용이었다.

그때 그 산에 놓아기르는 돼지 떼가 있었는데, 마귀(악령)

들이 그곳에 들어가게 해달라고 예수께 간청했다. 예수께서 허락하시자 악령들은 그 사람에게서 나와 돼지들 속으로 들어갔다. 그러자 돼지 떼는 비탈길을 달려 내려가 모두 호수에 빠져 죽고 말았다. 돼지치기들이 그 일을 보고 놀라 도망쳐서, 읍내와 시골 사람들에게 그 일을 알려주었다. 사람들은 무슨 일이 일어났는지 궁금해서 그곳으로 갔다. 예수께 가까이 가자 악령에 들렸던 사람이 옷을 입은 채 멀쩡한 정신으로 예수 곁에 앉아 있는 것을 보고 그들은 와락 겁이 났다. 이 모든 것을 처음부터 지켜본 사람들은 어떻게 그 사람이 악령에서 풀려나게 되었는지 이야기해주었다.

그녀가 읽기를 마치자 그가 흥분해서 말했다.

"아, 내 친구여! 그 경탄할 만한 구절, 그 비범한 구절이 내게 언제나 걸림돌이었던 걸 그대는 아나요? 어린 시절부터……. 아, 이제 알겠어요. 한 가지 비유가 떠올라요. 그래요, 수많은 끔찍한 생각들이……. 그래요, 그건 한 구절, 한 구절, 러시아와 똑같아요. 환자에게서 나와 돼지 떼들 속으로 들어간 그 악령들은 우리의 위대하고 사랑스러운 러시아라는 환자 속에 누적

되어 있던 독, 전염병, 모든 불순한 것들, 악령들 바로 그것입니다. 그래요, 내가 언제나 사랑해온 러시아! 그러나 마치 악령들을 위에서 굽어보듯, 저 높이에서 위대한 사상이, 위대한 의지가 러시아를 굽어보고 있습니다. 그리고 모든 악령들, 모든 불순한 것들, 표면까지 떠오른 이 모든 부패한 것들을 몰아낼 겁니다……. 그리고 그 모든 것들에게 돼지 떼 속으로 들어가라고 명할 겁니다. 아니, 이미 들어가 있는지도……. 바로 우리, 우리와 그들 그리고 페트루샤(표트르)……. 그와 함께 다른 놈들 모두……. 어쩌면 내가 제일 먼저 들어가야 할지도……. 미친 듯 날뛰면서 우리는 암벽에서 바다로 뛰어드는 겁니다. 우리는 모두 빠져 죽을 것이고 그게 올바른 길이에요. 그래도 싸니까요. 그러나 대신 우리는 치유되어 예수의 발치에 앉아 있을 수 있게 될 겁니다.”

그는 몇 마디 더 정신없이 지껄이더니 의식을 잃었다. 그는 다음 날 하루 종일 정신을 차리지 못했다. 소피야는 밤새 그의 곁에서 눈물을 흘렸다. 그녀는 이후 사흘이나 잠을 이루지 못했다.

사흘째가 되어서야 구원이 찾아왔다. 아침에 스테판이 정신을 차리고 그녀에게 한 손을 내밀었다. 그녀는 안심한 듯 성호를 그었다. 그는 창문 밖을 내다보고 싶어 했다. "오, 호수를! 오! 내가 아직 호수를 보지 못했다니!"

순간 오두막 현관에 마차 멈추는 소리가 들렸고 곧이어 집 안에 왁자지껄 소란이 일었다.

놀랍게도 바르바라 페트로브나가 타고 온 마차였고, 그녀 일행이 오두막 안으로 들어온 것이었다. 그녀는 두 명의 하인과 다리야 파브로브나(다샤)와 함께였다. 다름 아니라 도시로 간 아니심이 시내에서 스테판을 만났던 이야기를 신나게 떠들었고, 그러지 않아도 스테판을 백방으로 찾고 있던 바르바라의 귀에 그 소문이 들어간 것이었다. 그녀는 스테판이 이미 오래전에 스파소프로 갔으리라 확신하고 혹시 그의 소식을 들을 수 있을까 해서 이곳에 잠시 들른 것이었다. 그런데 주인 여자에게 그가 앓아누워 있다는 소리를 듣자마자 그녀는 와락 방문을 열어젖히고 고함쳤다.

"그래, 그 사람 어디 있어? 아, 네년이로구나!" 그녀는 소피아를 보자마자 외쳤다. "척 보고도 알았지! 어서 저리 가지 못해, 이 못된 년 같으니! 어서 이년을 쫓아내지 못해! 안 그러면 감방에 집어넣고 평생 햇빛을 못 보게 할 거야! 주인장! 내가 이 방에 있는 동안 아무도 들여보내지 마!"

이어서 그녀는 다샤에게도 밖으로 나가라고 했다.

단둘이 있게 되자 바르바라의 입에서 노기를 띤 비웃음 섞인 말이 튀어 나왔다.

"잘 지내나요, 스테판 트로피모비치? 산책 나오셨다고요?"

스테판이 감동에 찬 목소리로 더듬거렸다.

"오, 친애하는……. 난 러시아의 실상을 연구했고……. 그리고 난, 복음서를 팔 거요."

"이런 고약한 사람! 배은망덕한 사람! 내 얼굴에 똥칠하는 걸로 모자라서 저런 것과…… 저런 것과 어울리다니……. 도대체 저 여자는 누구예요?"

"저 여자는 천사요." 그런 후 그는 정신을 잃었다. 바르바라는 당장 여주인을 불러 물을 가져오라고 했고, 방금 방에서 나간 여자를 다시 불러오라고 했다. 막 대문을 나서려던 참이던 소피야는 다시 불려 들어왔고 다샤도 들어왔다.

스테판은 얼마 후 정신을 차렸다. 그는 바르바라의 두 손을 잡고 눈물을 펑펑 흘렸다. 바르바라는 진정하라며 그를 어루만졌다. 그는 그녀의 손을 입술로 가져갔다. 그녀는 입을 꽉 다문 채 그를 흘겨보기만 했다.

"난 당신을 사랑했어요." 마침내 그의 입에서 그 말이 튀어나왔다. 바르바라가 전에 단 한 번도 들어보지 못한 말이었다. 그녀는 헛기침을 했다.

"나는 평생 당신을 사랑했어요…… 20년 동안……."

그녀는 여전히 입을 다물고 있었다. 잠시 후 그녀가 입을 열었다. 차가운 목소리였다.

"하지만 그는 다샤에게 올 때 한껏 멋을 냈지……. 향수까지 뿌리고……. 그는 넥타이도 맸어."

그러더니 그녀가 갑자기 소리를 질렀다.

"이, 속이 텅 비고, 수치스럽고, 옹졸한 인간아! 언제나 쓸모없는 인간아!" 그녀는 낮은 목소리로 말했다. 하지만 격렬한 분노가 솟구치는 것을 감출 수는 없었다. 그녀는 그를 내팽개치듯 하고는 의자에 몸을 던지고 두 손으로 얼굴을 가렸다.

잠시 후 그녀가 다시 몸을 일으키며 말했다.

"됐어요. 20년은 흘러가버렸어요. 다시는 돌아올 수 없어요. 나도 바보였어요."

"난 당신을 사랑했어요." 스테판이 또다시 두 손을 모으고 말했다.

"'당신을 사랑했다, 당신을 사랑했다.' 뭣 하러 그 말을 자꾸

하는 거예요! 당장 잠자지 않으면, 내가…… 어서 자요. 당신에게는 안정이 필요해요."

그는 잠이 들었고 이어서 심문이 시작되었다. 바르바라가 소피야에게 궁금한 것을 물은 것이다. 소피야는 스테판을 만나서부터 이제까지의 일을 울먹이며 소상히 이야기해주었다. 그녀는 스테판이 들려주었던 갈색 머리 귀부인과의 연애 이야기를 들려주면서 얼굴을 붉혔다. 바르바라의 머리칼이 엷은 금발인데다 생김새가 전혀 다른 것을 눈치챘던 것이다.

"갈색 머리 여인을 사랑했다고? 어서 말해봐." 바르바라가 재촉했다.

"그 귀부인께서는 꼬박 20년 동안 그분을 사모해왔지만 수줍어서 아무 말씀도 못 하셨다고…… 왜냐하면, 왜냐하면…… 그 귀부인의 몸이 너무 뚱뚱해서……."

"바보 같으니!" 바르바라는 냉담하게 잘라 말했지만 뭔가 생각에 잠긴 표정을 감출 수는 없었다.

이어서 독자 여러분이 능히 알고 있는 바르바라의 성격이 곧바로 나타났다. 소피야에게서 책을 몽땅 다 사겠다며 꼼짝 말고 있으라고 명령한 것이다.

곧이어 의사가 왔고 의사는 스테판이 가망이 없다고 냉정하게 말했다. 바르바라는 충격을 받았고 하얗게 질리기까지 했다. 그녀는 신부를 불렀다.

신부 앞에서 스테판은 "신이 존재한다면 나는 불멸할 것입니다. 이것이 나의 신앙고백입니다"라고 말한 후 바르바라에게 말했다.

"오, 사랑하는 벗이여! 난 평생 동안 거짓말만 해왔어요. 평생 동안……. 나는, 최소한 내일이라도……. 내일 우리 모두 함께 떠나요."

바르바라는 눈물을 펑펑 흘렸다.

"오, 더 살 수만 있다면!" 그에게 갑자기 엄청난 에너지가 솟은 것 같았다. "삶의 매 순간순간이 인간에게는 행복이어야 합니다. 그래요, 그래야만 해요! 인간의 삶을 그렇게 만드는 것, 그게 인간의 의무입니다. 그게 율법입니다. 숨겨져 있지만, 그래서 보이지 않지만 엄연히 존재하는……. 오, 페트루샤를 볼 수 있다면……. 그리고 다른 모든 이들도……. 샤토프도……."

하나만 덧붙이자. 아직 다샤도 바르바라도 샤토프에게 일어난 일은 모르고 있었다.

스테판의 병적인 흥분이 점점 심해지더니 그는 온 힘을 다해 길게 말했다.

"나보다 무한히 정의롭고 나보다 무한히 행복한 그런 존재가 존재한다는 생각만이, 놀랄 만한 감동으로 나를 채우고 있습니다. 내가 누구이건, 내가 무슨 짓을 했건, 바로 그 생각이 나를 영광스럽게 해줍니다. 인간에게는 자신의 행복을 누리는 것보다 더 절실하게 필요한 게 있습니다. 매 순간순간, 그 어딘가에 모두를 위한 완전하고 평온한 행복이 있음을 아는 것, 그리고 믿는 것, 바로 그것입니다. 인간 존재의 율법은 언제나 무한히 위대한 것 앞에 경배를 드리는 데 있습니다. 인간에게서 위대한 존재를 박탈해버린다면 인간은 더 이상 살 수 없습니다. 인간은 절망 속에서 죽어버릴 것입니다. 위대한 것, 무한한 것은 우리가 발 딛고 있는 지구처럼 우리에게 필수적입니다……. 오, 내 친구들이여! 오, 모든 이들이여! 위대한 사유 만세! 거대하고 영원한 사유 만세! 그 누구건 그 앞에 경배해야 하느니! 가장 멍청한 자에게도 가장 위대한 존재는 필요한 법이니! 오, 페트루샤……. 그들을 다시 한번만 볼 수 있다면……. 그들은 모르고 있구나. 모르고 있어. 그들 안에도 이 위대하고 영원한 사유가 깃들어 있음을……!"

그는 곧바로 의식을 잃었고 사흘 후 세상을 떠났다. 그는 마치 타버린 양초처럼 조용히 꺼졌다. 바르바라는 그곳에서 즉시

장례식을 거행하고 친구의 육신을 스크보레쉬니키로 옮겨 왔다. 그녀는 소피야에게 아예 스크보레쉬니키로 와서 함께 살라고 했다. 깜짝 놀란 소피야가 부들부들 떨며 더듬더듬 거부하려 하자 아예 그녀의 입을 막아버리고 말했다.

"긴 말 할 필요 없어. 내가 너와 함께 복음서를 팔러 다닐 거야. 이제 내겐 이 세상에 아무도 없어."

"하지만 마님께는 아드님이 계시지 않은가요?" 옆에 있던 누군가가 말했다. 그러자 그녀가 딱 잘라 말했다.

"내겐 아들이 없어."

그녀는 마치 일어날 일을 예견한 것만 같았다.

제8장 결말

이미 저질러진 범죄는 아주 빨리, 표트르가 예상했던 것보다 훨씬 빨리 탄로가 나고 말았다. 남편 샤토프가 살해되던 그날 밤, 그의 아내 마리는 동이 트기 전에 잠에서 깨어났다. 그녀는 남편이 곁에 없는 것을 알고 더없이 불안해졌다. 그녀는 손에 잡히는 대로 아무렇게나 얇은 옷을 걸치고 밖으로 나왔다. 그녀는 우선 키릴로프에게 갔다. 그러면 남편의 소식을 알고 있을 것 같아서였다. 그녀의 눈앞에 펼쳐진 끔찍한 광경이 이 산모에게 어떤 영향을 미쳤을지는 두말할 필요가 없으리라.

그녀는 다시 방으로 뛰어 들어와 갓난아기를 안고 거리로 나섰다. 안개가 끼어 있는 습기 찬 아침이었다. 거리에는 행인도 없었다. 그녀는 진흙탕 위를 뛰어다니며 집집마다 닥치는 대로 문을 두드렸다. 첫 번째 집에서는 아예 대답도 하지 않았고, 두 번째 집에서는 머뭇거리며 문을 열어주지 않았다. 세 번째 집에서 문을 열어주자마자(상인인 치토프의 집이었다) 그녀는 밑도 끝도 없이 자기 남편이 살해되었다고 큰 소리로 외쳤다. 실제로는 아는 바 없이 자신의 예감을 입 밖에 낸 것이었다. 방금 해산을 한 몸으로 갓난애를 품에 안은 채 이런 날씨에 저런 옷차림으로 길거리를 헤매는 그녀의 모습을 보고 치토프 집 사람들은 충격을 받았다. 그들은 그녀가 정신이 나갔다고 생각했지만 어쨌든 그녀와 함께 필리포프의 집으로 갔다. 곧이어 경찰이 달려왔으며 두 시간 뒤에는 키릴로프의 자살과 유서에 관한 소식이 도시 전체에 퍼졌다.

여기서 여러분에게 슬픈 소식을 전할 수밖에 없다. 정오 무렵 마리는 완전히 의식을 잃었고 사흘쯤 뒤에 세상을 하직했다. 감기에 걸린 갓난아기가 세상을 뜬 바로 뒤였다. 잠시나마 행복했던 그 불행한 여자는 아기와 함께 그렇게 이 세상과 작별했다.

곧이어 도시 전체가 온통 소동에 휩싸였으리라는 것은 쉽게 짐작할 수 있을 것이다. 또다시 사건이라니! 그것도 '살인 사건'이라니! 하지만 이번 사건은 전과 완전히 달랐다. 사람들은 '비밀 암살 집단'이 실제로 존재한다는 것을 알게 되었던 것이다. 리자의 끔찍한 죽음, 니콜라이 스타브로긴 아내의 살해, 당사자인 니콜라이의 도주, 방화, 여교사들을 위한 무도회, 율리야를 둘러싸고 으스대던 방탕한 무리들······. 심지어 스테판의 실종에 이르기까지, 기어코 수수께끼를 풀어보겠다고 안간힘들을 썼다. 사람들은 목소리를 낮춰 니콜라이에 대해 온갖 추측을 소곤거렸다. 그날 늦게 표트르도 사라져버렸다는 사실이 사람들에게 알려졌지만 이상하게도 그에 대해서는 별로 말들이 없었다.

키릴로프의 유서를 보고 그가 샤토프를 죽였다는 사실을 경찰은 알게 되었다. 하지만 경찰은 완전히 손을 놓지는 않았다. 살해 현장 조사를 한 경찰들은 키릴로프에게 동지들이 있으리라 확신했고 비밀 조직이 있으리라 확신했다. 하지만 아무런 단서도 없었고 실마리도 없었다. 만일 럄신 덕분에 모든 것이 단번에 밝혀지지 않았다면 사건은 미궁에 빠져들었을 것이고 공포에 질린 사교계는 터무니없이 환상적인 결론을 지어냈으리라.

럄신은 결국 견뎌내지 못하고 표트르가 우려하던 짓을 저지르고 말았다. 그는 처음에는 톨카첸코와 에르켈의 감시를 교대로 받으며 얌전히 침대에 누워 있었다. 그런데 그의 감시를 맡고 있던 톨카첸코가 자신의 역할을 팽개치고 시골로 떠나겠다는, 다시 말해 도망치겠다는 생각을 하게 되었다. 에르켈의 말대로 모두들 정신이 빠져 있었다. 내친김에 말하자면 리푸틴도 그날 정오가 되기 전에 그곳을 빠져나갔다.

람신은 톨카첸코가 사라지고 곁에 아무도 없자(에르켈은 감시를 톨카첸코에게 맡기고 집으로 돌아가 있었다) 밖으로 나왔다. 그리고 모든 상황을 알게 되었다. 그는 무작정 도망을 쳤다. 하지만 무슨 생각에서인지 다시 집으로 돌아와 처박혔다. 아침에 그는 자살을 시도했던 듯하다. 하지만 그는 성공하지 못했다. 정오까지 집에 틀어박혀 있던 그는 갑자기 자리를 털고 일어나 경찰서로 달려갔다. 사람들 말에 의하면 무릎을 꿇은 채 경찰서로 들어갔다는 것이다. 그는 흐느끼며 고래고래 소리를 질렀고 마룻바닥에 입을 맞추었다. 그리고 자신은 앞에 있는 나리들의 신발에 입을 맞출 자격도 없는 놈이라고 떠벌렸다. 경찰들은 그를 진정시킨 후 세 시간에 걸쳐 진술을 들었다. 경찰들은 세세한 것을 모두 알 수 있었다. 그 결과 샤토프의 살해, 키릴로프의 자살, 방화, 레뱌드킨의 죽음, 페디카의 죽음 등은 뒷전으로 밀려났다. 무엇보다 중요한 것은 표트르 스테파노비치와 비밀 조직이었다. 무엇 때문에 비밀 조직을 결성하고 수많은 악행을 저질렀느냐는 경찰의 질문에 람신은 다음과 같은 내용을 진술했다.

조직의 목적은 사회의 기본 체계를 흔들고 사회를 해체하며 모든 원칙을 파괴하는 데 있다. 그러기 위해 사람들의 정신적 불안을 조장하고 도처에서 혼란을 일으키며 사회를 병적일 정도로 소란스럽고 냉소적이며 회의적으로 만든다. 그리하여 사회를 이끌어갈 새로운 주도적 이념을 갈망하게 만든다. 그러면서 반란의 기치를 높이 내걸고 동지들을 규합하여 취약한 곳에 대한 공격을 감행한다.

그런데 그의 진술에서 주목할 점이 있다. 그가 니콜라이 스타브로긴은 이 사건과 전혀 관련이 없으며 표트르 스테파노비치와 공모한 사실도 없다며 그를 적극 변호해주었다는 사실이다. 그리고 니콜라이는 자신들이 모르는 뭔가 중요한 비밀 임무를 띠고 있는 사람이며, 언젠가 본 모습을 밝히고 전혀 다른 모습으로 이곳에 올 것이라고 진술했다. 그 사실들은 그가 표트르를 통해 들은 것들이었다. 나중에 알게 된 사실이지만 그는 니콜라이를 변호해줌으로써 어느 정도 형을 감면받을 수 있으며, 유형을 떠날 때 도움도 받을 수 있으리라고 생각했던 것이다.

이제 나머지 '우리 동지들'의 체포 소식을 간략하게 전해야
겠다.

바로 그날 비르긴스키와 그의 아내 아리나, 비르긴스키의 여
동생, 쉬갈료프 등 식구 전체가 체포되었다. 하지만 여대생은
곧 자유의 몸이 되었고, 쉬갈료프도 마땅한 혐의가 없어 곧 석
방되리라는 소식이 들린다. 그러나 오직 소문일 뿐 정확한 사
실은 모른다.

비르긴스키는 당장 모든 죄를 인정했다. 들리는 말로는 아주
홀가분한 표정이었다고 하던데, 상당히 믿을 만하다. 그리고 회
오리처럼 휘몰아친 상황 때문에 아주 우연히 그런 길에 접어든
자신의 경솔함을 후회했다고 한다. 그 역시 형벌의 경감을 은
근히 바라고 있었던 것이 분명하다.

에르켈은 체포 당시부터 완강하게 입을 다물었다. 하지만 그
는 사람들의 동정을 불러일으켰다. 그의 젊음, 의지할 데 없는
처지가 사람들의 동정을 샀고, 그는 정치적인 유혹의 희생자에
불과하다는 의견이 지배적이었다. 그리고 무엇보다 그가 그의
박봉의 절반을 꼬박꼬박 병약한 홀어머니에게 보내주었다는
사실이 밝혀짐으로써 우리 도시의 많은 사람들은 에르켈을 안

쓰러워했다.

리푸틴은 페테르부르크에서 체포되었다. 여권도 있고 돈도 넉넉한 그가 외국으로 도망가지 않고 2주나 페테르부르크에 머물러 있다는 것은 이해하기 어려웠다. 아마 그의 정신 상태와 관련이 있을 것이다. 그는 페테르부르크에서 술에 절어 완전히 방탕한 생활을 했다. 그가 체포된 장소도 페테르부르크 뒷골목의 어느 유곽이었고, 그때도 그는 취해 있었다.

톨카첸코는 도주 열흘 후 어느 시골에서 체포되었다. 체포 당시 그는 더없이 고분고분하고 얌전했다고 한다. 그는 리푸틴과 마찬가지로 체포 당시 별로 놀라지도 않았는데, 그건 좀 이상한 일이었다.

이 사건은 아직 끝나지 않았다. 석 달이 지난 지금도 사람들은 그 이야기를 자주 한다. 그들 중에는 표트르를 천재까지는 아니더라도 거의 천재적인 수완을 타고난 사람으로 간주하는 사람들도 있었다. 그들은 엄지손가락을 치켜세우며 "그 조직 좀 봐!"라고 말하곤 했다. 하지만 그가 머리가 좋은 건 사실이지만 전혀 현실을 모르는 자이며 추상에 사로잡힌 자, 너무 외골수이며 경솔한 자라고 평하는 사람들이 더 많다는 사실도 지적해야겠다. 그가 도덕적인 사람이 아니라는 점에 대해서는 두

쪽 모두 동의했음도 밝힌다.

아무도 빼놓지 않고 모두에 대해 이야기했는지 모르겠다. 아 참, 마브리키 니콜라예비치는 어디론가 떠나버렸고, 리자의 어 머니 드로즈도바 노부인은 완전히 어린애가 되어버렸다. 자, 이 제 마지막으로 아주 우울한 이야기를 전해야겠다. 어디까지나 사실에만 국한해서 말하겠다.

바르바라는 다샤와 함께 시내의 자기 집에 있었다. 그런데 다샤에게 은밀히 편지가 한 통 전해졌다. 우편을 통해서가 아 니라 인편을 통해 전해진 편지였다. 다샤는 가슴을 두근거리며 오랫동안 편지를 바라볼 뿐 감히 뜯어볼 엄두를 내지 못했다. 그녀는 그 편지를 누가 보냈는지 알고 있었다. 바로 니콜라이 스타브로긴이 보낸 편지였다. 봉투에는 '알렉세이 예고로비치, 다리야에게 은밀하게 전해주도록'이라고 씌어 있었다. 그 내용 은 다음과 같다.

사랑하는 다리야 파블로브나에게,
당신은 나의 '간호부'가 되겠다고 말한 적이 있지요? 그 리고 필요하면 당신을 부르라고 약속한 적이 있지요?
나는 지난해에 스위스 우리(Uri)주의 시민권을 따냈습니다. 아무도 그 사실을 모르고 있습니다. 나는 벌써 그곳에 작은 집을 한 채 사두었습니다. 내게는 아직 1만 2,000루블이 있습니다. 우리 그곳으로 옮겨가서 영원히 삽시다. 이제 더 이상 아무 곳으로도 가고 싶지 않습니다.

아주 지루한 곳입니다. 산간에 자리 잡은 아주 작은 마을이고 산들이 시야와 사색을 방해합니다. 만일 그 집이 당신 마음에 들지 않는다면 다른 곳으로 이사할 수도 있습니다.

난 당신에게 내 삶에 대해 많은 것을 이야기해주었습니다. 하지만 전부는 아니었지요. 당신에게조차 모든 것을 이야기하지 않았다니! 어쨌든 나는 내 아내의 죽음에 대해 양심상 죄를 저질렀음을 분명히 인정합니다. 그때 이후 당신을 보지 못했기에 이렇게 분명하게 말해두는 겁니다. 그리고 나는 리자에게도 죄를 지었습니다. 그에 대해서는 당신에게 별로 이야기해줄 게 없습니다. 어떻게 보면 당신이 예견한 대로 되었으니까요.

어쩌면 당신이 오지 않는 게 나을지도 모릅니다. 당신을 내 곁으로 오라고 부르는 짓이 끔찍할 정도로 비열한 짓이기 때문입니다. 당신이 당신의 삶을 왜 내 무덤에 묻어야 합니까? 당신은 내게 언제나 상냥했고, 내가 우울증에 사로잡혀 있을 때도 당신이 내 곁에 있으면 마음이 편했습니다. 당신 앞에서, 오직 당신 앞에서만 나는 나 자신에 대해 큰 소리로 이야기를 할 수 있었습니다. 하지만 그게 구실이 될 수는 없습니다.

당신은 '간호부'가 되겠다고 했지요? 당신이 직접 표현한 말입니다. 왜 그렇게 자신을 희생하려 하는 겁니까? 내가 당신을 이렇게 부른다고 해서 나를 동정하거나, 당신을 기다린다는 내 말을 존중해서는 안 됩니다. 하지만 나는 이렇게 당신을 부르고 있고 당신을 기다리고 있습니다. 어쨌든 당신 대답을 한시 바삐 받아보고 싶군요. 곧 떠날 예정이니까요. 당신의 대답이 없다면 혼자 떠나겠습니다. 나는 스위스 우리주에서 아무것도 기대하지 않습니다. 그냥 떠나는 겁니다. 나는 일부러 음산한 곳을 택한 것도 아닙니다. 러시아의 어느 곳도 나를 잡아두지 못합니다. 그 어딜 가든 나는 이방인입니다. 사실을 말하자면 러시아에 산다는 것이, 그 어느 곳에서 사는 것보다 견디기 힘듭니다. 하지만 러시아에서는 더 이상 증오조차 할 수 없습니다.

나는 도처에서 내 힘을 시험해봤습니다. 당신이 '당신 자신을 알아보기 위해서'라며 내게 권했지요. 그 시험을 통해 나는 내 힘이 굉장히 막강하다는 것을 알게 되었습니다. 당신 눈앞에서 나는 당신 오빠의 따귀를 참아냈습니다. 나는 내 결혼 사실을 공개했습니다. 하지만 그렇게 힘을 발휘한들 무슨 소용이 있을까요? 당신이 스위스에서 내게 격려를 해주었건만 나는 그 이유를 찾을 수 없었고, 지금도 여전히 알 수가 없습니다.

늘 그렇듯 나는 선한 일을 하자는 욕구를 느끼고 그렇게 하면서 기쁨을 맛봅니다. 그리고 동시에 악한 짓을 하자는 욕구도 느끼며 거기서도 똑같이 만족감을 느낍니다. 하지만 그런 기쁨과 만족감을 느끼는 일은 아주 드물고, 설사 있더라도 아주 미미하기만 합니다. 내 욕구는 이제 나를 끌고 갈 힘이 없습니다. 통나무배로는 강을 건널 수 있지만 나무 조각으로는 안 됩니다. 내가 무슨 특별한 희망을 갖고 스위스로 가는 게 아니라는 걸 당신에게 보여주기 위해 한 말입니다.

늘 그렇듯이 난 그 누구도 탓하지 않습니다. 나는 크게 타락해보았고 거기에 내 힘을 소진했습니다. 하지만 난 그것을 좋아하지 않으며 그것이 내 목표도 아닙니다. 당신 최근 내 모습을 줄곧 지켜보았지요? 당신은 부정을 일삼는 그 일당들, 그들의 희망이 되어달라고 내게 집착하는 그들에게 내가 혐오감을 느끼고 있음을 알고 있나요? 그 때문에 당신이 불안해했다면 잘못한 겁니다. 그들의 사상에 조금도 공감할 수 없었기에 나는 그들과 맺어질 수 없었습니다. 그 외에 또 다른 이유가 있습니다. 비웃음을 살까봐 두려웠던 건 아닙니다. 내가 신사로서의 습관을 지니고 있었기 때문입니다. 그래서 가증스럽고 경멸스러웠습니다. 만일 내가 그들에게 보다 많은 적의와 질투를 느꼈다면 신사의 탈을 벗고 그들과 합류했을지도 모르지요. 내게 얼마나 힘든 일이었는지 한번 판단해보시지요.

사랑하는 벗이여! 부드럽고 너그러운 마음이여! 당신은 당신의 사랑이 기적을 이루길 기대하고 있나요? 당신의 아름다운 영혼이라는 보물을 내게 뿌려주면 당신 스스로가 내 삶에서 결여되어 있는 내 삶의 목표가 될 수 있다고 자만하고 있나요? 안 됩니다. 그런 환상은 버리는 게 낫습니다. 내 사랑은 나라는 존재와 마찬가지로 보잘것 없습니다. 당신이 불운한 거지요. 당신 오빠가 언젠가 내게 말했습니다. 자신의 고국과의 연을 끊은 자는 더 이상 신을 갖지 않게 된다고, 즉 존재의 목적을 잃은 것과 같다고요. 논란의 여지가 아주 많은 말입니다. 어쨌든 내게서는 미미하고 미약한 부정(否定)만이 나올 뿐입니다. 아니 그것도 과장인지 모릅니다. 모든 것이 희미하고 나약하기만 합니다. 너그러운 키릴로프는 관념에 지고 말았습니다. 그는 자살을 했습니다. 하지만 나는 그가 그렇게 정신이 나갔다는 사실 바로 거기서 그의 너그러움을 발견합니다. 나는 그처럼 오로지 한 관념을 정열적으로 믿을 수도 없습니다. 게다가 어느 정도까지 관념에 몰두할 수도 없습니다. 난, 절대로 자살할 수 없습니다! 내가 그만큼 너그럽지 못하기 때문입니다.

나는 내가 자살해야 한다는 것, 나처럼 벌레와 같은 존재를 이 지상에서 쓸어버려야 한다는 것을 알고 있습니다. 하지만 나는 자살이 두렵습니다. 영혼의 위대함을 보여주는 게 두려운 것입니다. 나는 이 말도 기만이 되리라는 것을 알고 있습니다. 수없이 늘어서 있는 온갖 기만들에 덧붙여진 마지막 기만! 오로지 영혼의 위대함을 갖고 놀

기 위한 자기기만이라면 그게 무슨 소용이 있을까요? 나
는 분노나 부끄러움도 결코 느낄 수 없습니다. 따라서 절
망도 없습니다.

오, 이렇게 장황한 말을 늘어놓다니! 제발 용서해주길 바
랍니다. 내 '간호부'를 부르기 위해서라면 단 몇 줄이면
충분할 것을…… . 전에 기차를 타고 떠나온 후 나는 여
섯 번째 역에서 내렸습니다. 나는 내가 5년 전 방탕을 일
삼던 시절에 알게 된 그 역의 역참지기 집에 숨어 지내고
있습니다. 그 사람 이름으로 편지를 주세요. 주소를 첨부
합니다.

니콜라이 스타브로긴

다샤는 즉시 바르바라에게 편지를 보여주었다.
편지를 읽은 후 바르바라가 다샤에게 조심스럽게 물었다.
"갈 거냐?"
"갈 겁니다."
"자, 준비해라. 함께 가자. 내가 여기 있어봤자 뭐 할 게 있
냐? 나도 스위스 우리주의 시민으로 등록하고 함께 살자. 방해
가 되지 않을 테니 염려할 것 없다."

정오 기차 시간에 맞추려면 서둘러야만 했다. 그런데 반 시간도 지나지 않아 스크보레쉬니키로부터 알렉세이 예고로비치가 허겁지겁 찾아와 놀라운 소식을 전했다.

"서방님이 방금 도착하셨습니다. 곧장 서방님 방으로 들어가시더니 꼼짝도 하지 않고 계십니다."

눈 깜짝할 사이에 마차가 준비되었다. 바르바라는 다샤와 함께 스크보레쉬니키를 향해 떠났다. 길을 가는 동안 바르바라는 마차 안에서 연신 성호를 그었다.

집에 도착하니 니콜라이의 방은 활짝 열려 있었고 어디에서도 그의 모습은 보이지 않았다. 다락까지 올라가보았지만 그곳에 있는 세 개의 방에도 그는 없었다.

"혹시 저 안에 계신 건 아닐까요?" 하인 한 명이 계단 맨 위에 있는 작은 방을 손가락으로 가리키며 말했다. 경사가 매우 심한, 길고 좁은 계단이었다. 언제나 닫혀 있던 그 방문이 열려 있었다.

"저긴 가보지 않을 거야. 왜 저 위로 기어간단 말이냐?" 얼굴이 하얗게 질린 바르바라가 말했다. 그녀는 묻는 듯한 눈길로 하인들을 둘러보았다. 하인들은 그녀를 바라보며 입을 꾹 다물고 있었다. 다샤는 파르르 몸을 떨었다.

바르바라는 힘차게 계단을 오르기 시작했다. 다샤도 뒤를 따랐다. 바르바라는 방에 발을 들여놓자마자 비명을 지르며 그대로 혼절해버렸다.

스위스 우리주의 시민이 문 뒤에 매달려 있었다. 탁자 위에는 '아무도 탓하지 마라. 나는 스스로 목숨을 끊었다'라는 짧은 글이 적힌 종이쪽지가 한 장 놓여 있었다. 종이쪽지 옆에는 망치, 비누 조각, 큰 못 들이 놓여 있었다. 고인이 일을 치르기 위해 준비했음이 틀림없었다. 니콜라이가 목매다는 데 사용하기 위해 미리 고른 단단한 비단 끈에는 공들여 비누가 칠해져 있었다. 그 모든 것이 그가 미리 자살을 계획했음을, 최후의 순간까지 그의 의식이 살아 있었음을 보여주고 있었다.

의사들은 시체를 해부한 후, 정신 이상의 가능성을 단호하게, 그리고 완벽하게 부인했다.

『악령』을 찾아서

『악령』을 다 읽고 책을 덮은 지금의 기분이 어떤가? 재미있었는가? 재미가 있었다면 무엇이 재미있었는가? 숨도 쉬지 못할 정도로 연이어 벌어지는 상상 외의 사건들? 숨 막히는 듯한 이야기 전개? 소설에 등장하는 온갖 캐릭터들의 다양한 모습? 저절로 웃음이 떠오르게 만드는 등장인물들의 엉뚱한 행동과 말들? 느닷없이 이어지는 등장인물들의 장황한 요설들?

그렇다. 실제로 『악령』은 읽는 재미를 듬뿍 주는 소설이다. 그런데 그렇게 재미있게만 소설을 읽고 나면 좀 찜찜하다. 내용이 온통 비극적인 암울함으로 이루어져 있기 때문이다. 게다가 온갖 진지한 내용들로 가득 차 있기 때문이다.

도스토예프스키는 작품 속 희비극적 주인공들의 생각과 행동과 사건을 통해 우리에게 소설 읽는 재미를 듬뿍 선사한다. 그런데 그 재미 뒤에서 우리는 무언가 다른 것을 느낀다. 갑자기 좀 진지해진 것 같은 느낌을 받는다. 혹시 이 소설을 덮은 뒤 당신에게 이런 질문이 떠오르지 않았는가?

'우리는 지금 어떤 세상에 살고 있지? 세상은 어떻게 돌아가고 있는 거지? 우리의 미래는 어떻게 되는 거지? 바람직한 우리의 미래는 어떤 거지? 나도, 아니 나뿐 아니라 우리 모두 혹시 무슨 '악령'에 사로잡혀 있는 것은 아닐까? 만일 그렇다면 우리를 사로잡고 있는 '악령'의 정체는 과연 무엇일까? 만일 그렇다면 어떻게 해야 그 '악령'에서 벗어날 수 있을까? 어떻게 해야 그 '악령'을 몰아낼 수 있을까?'

이 소설을 덮은 뒤 당신에게 그런 질문들이 떠올랐다면 당신은 이 소설을 아주 제대로 읽은 셈이다. 『악령』은 읽는 재미도 있지만 그런 묵직한 질문을 우리에게 던지는 소설이다. 물론 그 질문은 19세기 중반 러시아 현실에 대해 진지한 소설가이자 지식인인 도스토예프스키가 던진 현실적인 질문이다.

19세기 중반의 러시아는 거대한 소용돌이에 놓여 있었다. 한마디로 말한다면 당시의 러시아는 민족적 정통성을 잃고 그 비워진 곳을 서구 사상으로 채우려 하고 있을 때였다. 도스토예프스키는 그리스도에 대한 정통적인 믿음(러시아 정교)을 러시아 정통성의 근간으로 보았다. 그가 보기에 당시의 러시아는 그 정통성이 사라진 빈자리를 로마 가톨릭, 무신론, 과학주의, 사회주의, 이상주의 등 서구에서 유입된 사상으로 채우려 하고 있었다.

그 역사적 현실들에 대한 지식을 갖추고 읽으면 이 소설을 더 재미있게 읽을 수 있다. 모든 등장인물들이 그중 무엇을 상징하는지 알면서 읽으면 소설 읽는 재미를 더할 수 있음은 물론이다.

예를 들어보자. 샤토프는 범슬라브주의자이면서 완벽한 신앙을 지닌 인물이다. 그는 러시아적 메시아주의를 간직하고 있고 생명의 신비에 감동하는 인물이다. 그와는 반대로 키릴로프는 완벽한 무신론자이고 인신(人神)사상을 지닌 자다. 그는 신이 있어야 하지만 신은 없다고 주장하는 묘한 인물이다. 그건 무신론일까, 유신론일까? 그에게서 우리는 '신은 죽었다'라고 말하면서 초인(超人)사상을 갈파한 니체의 모습을 본다. 이 소설에서 가장 부정적으로 묘사된 표트르는 무정부주의자이며 그의 아버지 스테판은 자유주의라는 새로운 물결의 맛을 본 기성세대다. 그리고 그 모든 것의 중심에 부정(否定)이 부정을 낳는 골

수 허무주의자 니콜라이 스타브로긴이 있다. 게다가 희생을 통한 조용한 삶을 추구하는 다샤도 있다. 그들은 모두 단순히 소설 속의 한 등장인물들이라고 넘겨버리기 어려운 어마어마한 '사상'과 '시대조류'의 화신(化神)들이다. 그들은 모두 소용돌이 치고 있는 당대의 러시아의 일부를 대표하는 하나의 대표자들이다. 그런 어마어마한 인물들이 등장하는 소설이 진지하지 않을 수 없다. 그리고 그 인물들은 모두, 한 진지한 소설가이자 지식인인 도스토예프스키를 사로잡고 있던 고뇌의 화신들이다. 그는 질문한다. '과연 우리를 사로잡고 있는 그 '악령'들을 몰아낼 수 있는 신은 정말 존재하는 것일까?'

하지만 그런 것을 구체적으로 몰라도 상관없다. 러시아인 도스토예프스키가 그때 던진 질문은 진지하게 세상을 살아가는 사람이라면, 생각이 있는 사람이라면 언제고 던져야 하는 질문이기 때문이다.

엉뚱해 보이는 이야기 하나 하기로 하자. 인류는 인간의 삶전반에 걸쳐 전대미문의 충격적 변화의 시대를 맞이하고 있다고 모두들 말한다. 바로 4차 산업혁명 시대다. 한마디로 인공지능이 사람이 하던 일을 거의 다 대신하는 시대가 곧 도래할 것이라고 말한다. 사람이 인공지능에게 수많은 일자리를 빼앗길 것이라고 말한다. 심지어 머지않은 미래에 10퍼센트의 일하는 사람이 나머지 90퍼센트를 먹여 살리게 될지도 모른다고 말하는 학자도 있다. 마치 이 작품에서 쉬갈료프라는 등장인물을 통해 소개된 새로운 사회, 즉 '10분의 1이 무한한 자유를 누리면서 나머지 10분의 9에 대해 무한한 힘을 행사합니다. 10분의 9의 인류는 모든 인격을 상실하고 말하자면 양 떼처럼 됩니다. 그리고 그 무한한 복종을 통해 마치 에덴동산에 사는 것처럼 원초적 순수성을 지닌 존재로 재탄생합니다'라는 말이 현실화되는 것 같다. 실제로는 레닌과 스탈린이 지배한 공산주의 사회에 대한 예언으로 볼 수도 있지만 지금 인류가 맞이하고 있는 현실을 예언하는 것 같아 오싹하기도 하다.

정말 그런 시대가 올지 안 올지 나는 모른다. 하지만 확실하게 한마디는 할 수 있다. 인공지능에게 두 손을 들고 항복하는 대신 인공지능이 못 하는 일을 하는 것이 새로운 시대에 대처하는 하나의 방법일 수 있다는 말, 바로 그것이다.

인공지능은 도스토예프스키와 같은 질문을 하지 못한다. 인공지능은 이미 프로그래밍되어 있는 것을 완벽하게 실행할 뿐, 결과에 대한 고민도 없고, 미래에 대한 비전도 없다. 달리 말한다면 그런 고민과 질문 없이 할 수 있는 일은 인공지능이 다 대신할 수 있다.

어떤가? 이 소설을 읽으면서 당신은 그런 질문을 던져보았는가? 우리가 어떤 세상에 살고 있는지 우리의 삶 전체를 한번 되돌아보고 싶은 느낌을 받지 않았는가? 그리고 혹시 우리가 살아가면서 마땅히 던져야 하는 그런 질문들을 한 번도 던지지 않은 채, 그냥 되는 대로 살아가지 않았는가라고 자문해보았는가?

그 질문은 도스토예프스키라는 뛰어난 작가만이 해야 하는 질문이 아니다. 여러분이 진정한 삶을 살기 위해서 필수적으로 던져야만 하는 질문이고, 모두가 답을 찾기 위해 노력해야만 하는 질문이다. 『악령』이라는 고단위 처방을 받은 김에 한마디 더 하자. 나는 우리 사회가 그 질문을 잃은 사회로 보인다. SNS 시대의 운명인지 누구도 진지하지 않다. 일반인 이야기를 하는 것이 아니다. 젊은이들 이야기를 하는 것도 아니다. 마땅히 그런 질문을 달고 살아야 하는 사람들 이야기다. 정치인도, 언론인도, 법조인도, 교수도, 교사도 그런 고민을 안 한다. 좀 더 용감하게 말한다면 그들은 모두 '악령'에 사로잡혀 있는 것 같다. 그 '악령'을 어떻게 해야 몰아낼 수 있을까? 답은 없다. 하지만 나는 안다. 우리가 악령에 사로잡혀 있음을 알고 그 악령을 몰아내려 힘껏 애쓸 때야만 겨우 그 답이 보일락 말락 할 수 있다는 것을!

젊은이여! '헬조선'을 외치는 젊은이들이여! '헬조선'을 외치며 니힐리즘에 빠지기 전에, 우리 정신의 뿌리, 우리의 정신적·정치적 정통성에 대해 고민해보지 않겠는가?

'나는 누구인가? 우리의 미래는? 세계 속에서 우리의 위상은? 어떤 것이 진정한 세계인이 되는 길일까?'를 모두 고민해보지 않겠는가? 그것이 그대들이 외치는 '헬조선'에서 벗어날 수 있는 유일한 길이니! 4차 산업혁명의 시대에 주역이 될 수 있는 길이니!

악령의 축역(remaster)를 마치고 꼭 하고 싶은 이야기가 한 가지 더 있다.

고전 작품 앞에서 우리는 누구나 편견을 갖는다. 특히 도스토예프스키처럼 진지하기로 소문난 작가의 작품 앞에서는 더심하다. 내 앞에서 이런 대화가 오가는 듯하다.

"나, 이번에 도스토예프스키의 『백치』와 『악령』 다 읽었어."

"어유, 그 어려운 걸? 대단하다."

맞기도 하고 틀리기도 한 말이다. 그냥 쉽게 페이지를 넘기기가 어렵다는 뜻이라면 맞다. 하지만 읽기 자체가 어렵다면 틀렸다. 고전은 절대로 읽기 어렵게 쓰인 책이 아니다. 세상에 읽기 어려운 소설을 쓰는 소설가는 없다. 그 안에 담긴 내용에 깊이가 있을지 몰라도 읽기조차 어렵게 쓰는 소설은 아주 예외적인 경우를 제외하고는 없다. 소설은 논문이 아닌 것이다. 고전이 읽기 어렵다는 편견은 순전히 번역에서 비롯된 편견이다. 번역문이 쉽게 읽히느냐 안 읽히느냐는 순전히 번역가의 작품 이해도와 작품 장악력에 달려 있다. 그게 부족하면 아무리 쉬운 문장도 오역하는 일이 생긴다. 원어로는 별로 어렵지 않은데 우리말로 옮길 때 고생하는 일이 생긴다. 문장이 어색해지고 번역자 스스로 무슨 말을 하는지 모르게 된다. 더 심각한 건 작품의 깊이 있는 전체 내용을 이해하기 위해 꼭 필요한 부분을 오역하게 된다는 것이다.

여러분에게 과감하게 말한다. 번역본을 읽다가 우리말 문장이 어색하면 거의 다 오역으로 알아도 된다. 왜 오역을 하는가? 언어 실력이 부족해서가 아니다. 번역자 자신이 작품의 내용을 감당하지 못해서다.

그런데 고전은 읽기 자체가 어렵다는 편견을 갖고 있는 사람들은 술술 쉽게 읽히는 번역은 원작을 훼손했다고 오해를 하고 비방을 한다. 아니다. 원작의 깊이를 훼손해야만 읽기 쉬운 책이 되는 게 아니다. 원작의 깊이는 난독성에서 오는 게 아니다. 읽기는 쉽지만, 쉽게 책장을 넘기기 어렵게 만드는 것, 한 줄 읽고 나서 생각하게 만드는 것, 그게 깊이다. 술술 잘 읽히지만 정신을 놓아버리면 무엇을 읽었는지 모르게 만드는 게 깊이 있는 작품이다. 다시 한번 되돌아보고 생각을 하게 만드는 게 깊이 있는 작품이다. 깊이 생각하는 데서 재미를 느끼게 만드는 게 깊이 있는 좋은 작품이다. 다시 말한다. 번역본을 읽으면서 문맥이 닿지 않는 문장이 나오면 거의 다 오역이라고 생각하라. 무슨 말인지 언뜻 이해하기 어려운 우리 문장이 나오면 오역이라고 생각하라. 그 문장을 해독하려 시간 낭비할 필요 없다. 그 부분을 과감히 장애물로 생각하고 뛰어넘어라.

지나는 김에 한마디 더. 나는 이 책의 완역자들에게 반드시 내가 번역한 책을 한번 꼭 읽어보라고 권하고 싶다. 자신의 번역본과 꼼꼼히 대조하면서……. 이건 자신감의 표현이라기보다는 일종의 안타까움의 소산이다.

한 가지만 더 덧붙이자. 원전에는 「티혼의 암자에서」라는 별도의 한 장(章)이 첨부되어 있다. 니콜라이 스타브로긴이 은자인 티혼을 찾아가서 자신의 악행을 고백하는 내용이다. 『악령』 출간 당시 편집자의 강요에 의해 도스토예프스키는 이 부분을 삭제한 채 소설을 출간한다. 하지만 후에 그런 강요가 없어졌는데도 도스토예프스키는 이 부분을 소설에 삽입하지 않았다. 니콜라이 스타브로긴이라는 인물을 제대로 이해하기 위해 필요하다고 말하는 도스토예프스키 연구자들도 많지만 우리는 그 장을 넣지 않았다. 그 부분을 넣지 않아도 작품의 완결성에 별 흠이 없다고 생각한 도스토예프스키의 의견을 따르기 위해서다.

도스토예프스키는 1821년 모스크바에서 자선병원 의사였던 아버지 미하일 안드레예비치 도스토예프스키와 신앙심이 깊었던 어머니 마리야 표도로브나 네차예바의 둘째 아들로 태어났다. 17세 때인 1838년 공병학교에 입학했으며 1840년 하사관으로 임명되었다. 두 해 후에 소위로 임관했고 23세 되던 1844년 제대했다.

이후 오로지 집필에만 몰두해 1846년 『가난한 사람들』을 발표했으며 이후 10여 편의 장편과 단편을 계속 발표했다. 그러던 그에게 일생일대의 사건이 하나 벌어진다.

도스토예프스키는 기질상으로 보나 개인적 신념으로 보나 혁명주의자는 아니었다. 그러나 그는 사회주의자인 푸리에와 프루동의 책을 함께 읽는 젊은 문인들의 모임에 정기적으로 나갔다. 1849년 그는 불순분자라는 이유로 다른 문인들과 체포되어 사형선고를 받는다. 그해 12월 그는 세묘노프스키 광장으로 끌려 나가 총살을 받기 일보 직전의 상황에 처했다. 그런데 일촉즉발의 순간 황제의 특사로 사형 집행이 중지되고 중노동으로 감형된다.

이후 4년간의 잔여 형기를 마치고 그는 1854년 출옥한다. 그리고 38세가 되던 1859년까지 다시 입대해 군 생활을 한다.

그가 40세 되던 1861년에 농노 해방제가 실시되었으며 그는 그해에 『상처받은 사람들』을 출간했다. 노름 벽과 간질이라는 두 가지 장애가 있었던 그는 끊임없이 가난과 빚에 시달렸지만 왕성한 작품 활동은 멈추지 않았다. 1866년 『죄와 벌』을, 1868년 『백치』를, 1871년 『악령』을 연재했으며, 1879년에는 『카라마조프가의 형제들』 연재를 시작해 이듬해 단행본으로 출간했다.

그는 60세 되던 1881년 동맥 파열을 겪은 후 1월 28일에 사망해 페테르부르크의 알렉산드르 네프스키 대수도원 묘지에 안장되었다.

그가 톨스토이와 함께 러시아의 양대 문호로 일컬어지는 데는 그 누구도 이의를 달지 않으며, 그에게 세계문학사의 손가락에 꼽히는 거장이라는 칭호를 내리는 데도 그 누구 하나 주저하지 않는다.

악령 II

생각하는 힘: 진형준 교수의 세계문학컬렉션 48

펴낸날	초판 1쇄 2020년 7월 6일

지은이	표도르 도스토예프스키
옮긴이	진형준
펴낸이	심만수
펴낸곳	(주)살림출판사
출판등록	1989년 11월 1일 제9-210호

주소	경기도 파주시 광인사길 30
전화	031-955-1350 팩스 031-624-1356
홈페이지	http://www.sallimbooks.com
이메일	book@sallimbooks.com

ISBN	978-89-522-4225-9 04800
	978-89-522-3986-0 04800 (세트)

이 도서의 국립중앙도서관 출판시도서목록(CIP)은 서지정보유통지원시스템 홈페이지
(http://seoji.nl.go.kr)와 국가자료공동목록시스템(http://www.nl.go.kr/kolisnet)에서
이용하실 수 있습니다.(CIP제어번호: CIP2020025039)

책임편집 **박규민**